誰が星の王子さまを殺したのか

モラル・ハラスメントの罠

安冨 歩 著

明石書店

命をかけてまで、人間の真実を描き出した、アントワーヌ・ド・サン＝テグジュペリに。

まえがき

『星の王子さま』は美しく、悲しい物語である。それは読む者の心に迫る力を持っている。それと同時にこの本は、謎に満ちた物語でもある。

多くの読者は、この謎を、謎のままに残しておきたいと思っているのではないだろうか。確かにこの謎めいた雰囲気が、同書の魅力となっているのは事実である。

しかし私は、この謎の一つひとつを、深く考えてみたいと思う。というのも、この本は、著者アントワーヌ・ド・サン＝テグジュペリの残した、貴重なメッセージであり、その深い意味を、恐れずに真剣に受け止めることが、同書を愛する者として、避けては通れないことのように感じるからである。またそれは、最後に毒蛇に自らを嚙ませて砂の上に倒れるに至った王子が、必死で残したメッセージでもある。

もちろん、この本の持つ魅力を失わせるような形で物事を暴き立てることはしたくない。そうではなく、言葉の意味を、一つひとつ丁寧に、読者のみなさんと一緒に、受け止めていきたいと思う。それがこの本の魅力と価値とをさらに高めてくれるものと信じる。

『星の王子さま』が描き出しているものは何か。それは人間というコミュニケーションなしでは生きられない生き物が取り交わす、そのコミュニケーションそのものに潜んで人間を苦しめる「悪魔」の真相だと私は考えている。サン＝テグジュペリは、この悪魔に取りつかれ、悶え苦しみながら生き抜いて戦い続け、そして死んでいった。『星の王子さま』はその悪魔についての命がけの報告書なのである。

なお、私はこの本に取り組むまでフランス語を勉強したことがなく、まったくの付け焼き刃で挑むことになった。そこで本書では、『星の王子さま』のテクスト解釈については、

加藤晴久『自分で訳す星の王子さま』三修社、二〇〇六年

加藤晴久『憂い顔の『星の王子さま』――続出誤訳のケーススタディと翻訳者のメチエ』書肆心水、二〇〇七年

に主として従い、

The Little Prince, translated by Richard Howard, Mariner Books; 2000

を参考にした。もちろん、フランス語に堪能な方々の助力を受けて、私の解釈が成り立つかどうかチェックしていただいた。

このように解読したテクストを、マリー＝フランス・イルゴイエンヌが「モラル・ハラスメント」という概念を提唱した名著、

Marie-France Hirigoyen, *Le Harcèlement moral: La Violence perverse au quotidien*, Presse Pocket, 2011

（初版は La Découverte et Syros, Paris, 1998）

に主として基づいて解読する。というのも、私は彼女の提案した概念こそが、コミュニケーションに潜む悪魔の正体を明らかにしている、と考えるからである。

この解読によって浮かび上がる『星の王子さま』の像は、この作品の魅力を、より深い次元で明らかにしていると私は信じている。そしてこの像は、全人類の直面する巨大な困難に対する、重要な回答を示唆しているとさえ考えている。

誰が星の王子さまを殺したのか——モラル・ハラスメントの罠★目次

1　物語の構造

まずは物語の展開を追うところから始めよう。読者の多くはすでにこの本を読まれたと思う。場合によっては何度も。しかし、詳細を覚えていないこともあるだろうし、また、まだ読んでいない人もいるかもしれない。そこで物語の筋を駆け足でたどることから始めよう。

日本語の『星の王子さま』というタイトルは、岩波書店から終戦後しばらくして出版された内藤濯《あろう》訳で与えられたもので、原題は *Le Petit Prince* であり、「星」がどこにも出てこないことは、すでにご存知かと思う。

Le は定冠詞で「あの」、Petit が「小さな」、Prince が「プリンス」である。プリンスというのは、王様の子どもという意味と、小さな領域を支配する大公といった意味がある。抽象的に「君主」という意味もあるが、それはこの場合は当てはまらない。またプリンスの父親はどこにも出てこないので、王子も相応しくない。それゆえもっとも適切なのは大公という意味だ、ということになる。すなわち、忠実にこのタイトルを訳すなら『あの小さな大公』となる。とはいえ、このタイトルでは、決して現在のように本書が日本で広く読まれることはなかったであろう。本書では、日本で長く親しまれている『星の王子さま』というタイトルを用い、主人公のことも「王子」あるいは「王子さま」と呼ぶことにする。

全体は次のように構成されている。まず「レオン・ヴェルトに」という献辞があり、全27章の物語が続き、最後に王子が消えた砂漠の絵とともに読者への呼びかけがついている。各章には数字が振られているだけで、タイトルはない。それぞれの章の内容を簡単に見てみよう。

1 語り手が六歳のときに「象をのみ込んだボアの絵」を描いたのに、大人に「帽子の絵」と間違えられてがっかりして、画家になるのをあきらめ、飛行士になる話。

2 今から六年前、飛行士がサハラ砂漠に不時着したときに、小さな王子と出会い、羊の絵を描かされる話。

3 王子が小さな惑星から来たことを飛行士が知る話。

4 王子の星が、トルコ人の学者の発見した小惑星B612らしい、という話。

5 三日目。バオバブの樹が小惑星を覆ってしまいかねないので、毎日手入れして、わるい草を抜かないといけない、という話を王子がする。

6 四日目の朝、夕日を一日に四四回見たことがある、という話を王子がする。

7　五日目、飛行機の修理中に王子から「バラの棘《とげ》は何の役に立つの」としつこく聞かれ、何の役にも立たない、ただバラが意地悪なだけ、と飛行士が返事したところ、王子が激しく泣く話。

8　バラの種がどこからともなく王子の惑星に飛んできて、芽を出し、花を開いて王子を誘惑し、魅入られた王子が気難しい性格に悩まされ、とても不幸になる話。

9　王子が自分の星を捨てて出て行こうとすると、バラが突然しおらしくなって混乱する話。

10　王様の星の話。

11　うぬぼれ屋の星の話。

12　呑みすけの星の話。

13　ビジネスマンの星の話。

14　点灯夫の星の話。

15　地理学者の星に行き、「花ははかないから記録しない」と言われて、後悔の気持ちが王子を苦しめる話。

16　地球の点灯夫の話。

17　地球に来た王子が、砂漠で蛇と出会い、「ここには、何をしに来たの」と聞かれて、王子が「お花との間がこじれちゃってね」と返事して、帰りたくなったら土に還してあげる、と言われる話。

18 王子の出会った一輪の花が、人間は根がないから不自由している、と言う話。

19 王子が高い山に登って叫んだのに、こだましか返ってこない話。

20 王子がたくさんのバラが咲き誇る庭に行き着いて、あのバラにだまされていたことを知って泣く話。

21 王子が砂漠のキツネと出会い、「飼いならす」という言葉を教えられ、バラの庭にいやがらせを言いに行き、戻ってきてキツネに、飼いならしたバラに責任がある、と言われる話。

22 線路のポイント係（転轍手）の話。

23 薬を売る商人の話。

24 八日目に水がなくなり、飛行士と王子とが井戸を探しに行く話。

25 王子が見つけた立派な井戸で水を飲みながら、飛行士と王子とが会話して、王子が地球に来てちょうど一年が経ち、落下地点に戻ろうとしているところであることがわかる話。

26 王子が蛇と話しているところに飛行士が現れ、別れの会話のあとに、王子が自らを蛇に噛ませて砂の上に倒れる話。

27 六年後の現在に戻り、王子に羊の口輪を描いてあげるのを忘れたことを飛行士が思い出す話。

さいごに、王子の倒れた地点の絵と読者への呼びかけ。

すでに読まれた方はこれで物語を思い出されたことであろう。このように、短いわりにはずいぶんと複雑な構造になっている。

次に、この物語の登場人物と、それぞれにまつわる話を整理しておく。まずは語り手たる飛行士である。この人は画家になりそこなって飛行士になった。六年前にサハラ砂漠に不時着し、そのときの出来事を語るのがこの本の内容である。「むかしむかし、あるところに……」と語ろうかと思ったのだけれど、この悲しい思い出を軽々しく受け止めてほしくないので、そういう語り方をやめた、と言っている。

遭難した翌朝に、砂漠の真ん中で王子と突然出会い、共に過ごして、九日後に別れる。その後、修理ができた飛行機で無事に仲間のところに戻り、六年後の現在にこの物語を語っている、という設定である。語り手の姿を示す挿絵は描かれていない。実のところ、語り手の腕が描かれている挿絵があったのだが、作者はそれを採用しなかった。作者のサン＝テグジュペリ自身が、リビアの砂漠で遭難し、何日間もさまよって帰還したことがあり、その経験が反映していることは間違いない。

物語の主人公は王子である。王子はある小惑星にたった一人で住んでいた。次の絵がその様子

である。かわいらしい王子だが、こんな宇宙空間にたった一人で浮かんでいるという状態は、いかにお話だといっても、とても孤独な感じがする。本書冒頭のサン＝テグジュペリへの献辞の下に引用した王子の姿も、崖っぷちに呆然とたたずんでおり、やはりさびしそうに見える。

　ところが王子本人がさびしいかというと、そういう場面もあるものの、全体としては割と平気なように見える。さびしそうにしている場面というのは、第6章である。この章のことはあとで詳しく触れるが、夕日を四四回も見るというのは、さびしいというより、悲しいというほうがふさわしく、実際、王子も悲しいと言っている。夕日を見たくなる気分というのは、単に孤独からさびしさを感じるというよりも、つらいことがあって落ち込んでいる、という感じであろう。

　そう思って小惑星の上でたたずんでいる王子の絵を見直すと、「さびしそう」というより、なにか「心ここにあらず」という風情である。実際、語り手はこの男の子が何者であるかを把握するのにずいぶん時間がかかるが、それは王子が「自分はたくさん質問をするくせに、こちらの質問はまるで耳に入らない様子だった」からである。これはつまり、自分の頭のなかを激しく回転させて物思いに耽り、そこに閉じこもっている少年の姿を現している。

この孤独な宇宙空間に浮かぶ小惑星にも、いろいろな草木の種が飛んでくるらしい。そうやって飛んできたのがバラの種である。

王子の星に侵入したバラは、入念におめかしして花を咲かせた。バラを見たことがない王子は、その花の美しさに魅了され、「あなたは何と美しい方だろう！」と呼びかけた。それに対してバラは「でしょう？」ととりすまして答えている。

このやりとりから明らかなようにバラは、自意識過剰で気難しく、王子はいろいろと世話を焼かされて、つらくなってしまう。その上、バラは、そんなふうに感じるのは、王子が悪いからだ、と罪悪感を覚えさせた。

こうして王子は一日に四四回も夕焼けを見るほど落ち込んだのである。そしてとうとう、バラを残して、自分の星を捨てて、放浪の旅に出る決意をする。

するとこのバラは急にしおらしくなって、「あたくし、馬鹿でしたわ」とか「お幸せになってね」とか「あなたが好きよ」とか言うのである。こういうトリッキーなやりとりに弱い王子はすっかり混

乱してしまう。なにしろ王子は自分の世界に閉じこもって自問自答するタイプの少年であり、こういったやりとりの持つ危険性に気づくことも難しく、簡単に混乱させられてしまったのである。

その混乱を引きずったまま、王子は放浪の旅に出た。そして王様、うぬぼれ屋、呑みすけ、ビジネスマン、点灯夫、地理学者がそれぞれ住む小惑星を遍歴する。この遍歴はページ数も多く、しかも大人社会の愚かしさを痛烈に描いており、本書の見せ場である。

この本を日本語に最初に訳し、日本人の同書へのイメージを確定した内藤濯は当時、子どもの心の純真さの重要性をひしひしと感じつつあるところで、『星の王子さま』のその側面に感動して翻訳した、と述懐している。それゆえ、この翻訳でも一番力が入っているのがこの「星めぐり」の場面である（内藤　二〇〇六）。

ところがこの部分は、バラと王子との確執という中心となるストーリーからすると、ほとんど意味がない。この部分を飛ばしても、物語は十分に成立する。

唯一、本筋と関係するのは、地理学者である。せっかくバラから逃げ出した王子に地理学者は、花なんか「はかない」から記録しない、と余計なことを言うのである。そのために王子は、その「はかない」バラを置き去りにしたことへの罪悪感を感じてしまう。

王子に対して地理学者は、次の星として、地球に行くことをすすめた。地球に降り立った王子は、蛇に会ったり、孤独な砂漠の花に邂逅したり、高い岩に登って叫んだりするが、ひとりぼっちのままであった。

そこで突然、バラの花が咲き乱れている庭に出た。あのバラは、自分が世界で唯一のバラだ、と王子に吹き込んでいたので、王子は騙されていたことを知って「たいへん惨めな思い」をする。そして、草の上に転がって泣き伏すのである。

しかも不思議なことに、「バラに騙されていた！」と悔しがって泣くのではなく、「これを見たら、彼女はひどく傷つくだろうな」と考えて泣くのである。また、「この世でたった一本のバラを持っているので自分は豊かだ、と思っていたのに、普通のバラを一本持っているだけだった」とも独白している。明らかに王子は奇妙な反応をして、混乱に陥っている。

この瞬間に出現するのが、重要な登場「人物」である、砂漠のキツネである。キツネはまさに決定的な役割を果たす。キツネと出会った王子の顔を見ると、非常に警戒しているように見える。しかし王子は「遊ぼう」と提案する。この提案をキツネは拒否して、その理由を「私は飼いならされていない（Je ne suis pas apprivoisé）」からだと説明する。

このapprivoiser（飼いならす）という動詞が、この物語のキーワードとなる。これをどう解釈するかによって、この物語はまったく違った色彩を帯びる。この点については、後ほど詳しく議論することにしよう。

さて王子はキツネに乞われて「飼いならす」。しかしやがて「別れるとき」がやってきて、もういちど「飼いならす」という言葉について問答する。そこから王子はキツネに指示され、庭に生えるたくさんのバラのところにやってきて、「きみたちはかわいいけれど、きみたちはからっ

ぽだ。(Vous êtes belles, mais vous êtes vides.)」と嫌みを言ってバラたちを当惑させて、キツネのところに戻ってくる。

そしてさらに「飼いならす」について問答して、

(1)本質は目に見えない。

(2)きみが飼いならしたものに対して、きみは責任がある。

という宣告を受ける。そして王子は「ぼくはバラに対して責任がある……」とつぶやく。そこで王子はまた旅に出て、転轍手と会ったり(第22章)、丸薬の商人と会ったり(第23章)するが、これもまた主たるストーリーとは無関係である。

第24章で再び王子は飛行士と対話する。しかし飛行士は一週間経っても飛行機の修理ができない上に、飲み水が一滴もなくなって焦っていた。そんなことお構いなしに話し続ける王子と共に、水を求めて砂漠をさまよい始める。

そしてその夜明けに、不思議な井戸を見つける。

それは滑車も釣瓶《つるべ》も綱もある、砂漠には見られない立派な井戸であった。ようやく一息ついて飛行士は王子の話に耳を傾ける。そしてこの場所がちょうど一年前に、王子の降り立った場所であることを知る。

第26章で王子は、崩れかけた壁の上に座って、猛毒を持つ蛇と対話している。飛行機の欠陥が明らかになったことを伝えに来た飛行士は、王子が「強い毒を持っているよね？」と蛇に言っているのを聞いて、衝撃を受ける。飛行士に王子は「ぼくも、今日、ぼくのところに戻る」と伝える。

王子が自殺するのではないかと恐れる飛行士は、一晩中、王子のもとを離れないつもりでいたが、王子はこっそり抜け出してしまう。必死で追いかけて王子に追いつくが、王子は、「僕の花……僕はあの花に責任がある！」と言って、毒蛇に足を咬ませて砂漠の上に音もなく倒れる。

第27章は六年後である。飛行士は王子のことを考え続けている。そして最後に、読者に対して、もしアフリカの砂漠を旅行することがあったら、この場所の景色をよく覚えておいて、王子が降り立っていたら、すぐに連絡をくれるように呼びかけて、この本は終わる。

2　バラのモラル・ハラスメント

さて、前章のように物語の構造と登場人物の姿を追ってみると、すでにこの本を読んだ読者であっても、こんな話だっただろうか、と意外な感じがするのではないだろうか。なにより、王子とバラのやりとりは、もつれた男女関係にありがちなドロドロとしたもので、子どもの読むような内容とは思えない。なぜこんな厄介な物語を大人が子どもに喜んで読ませるのか、不思議である。

この章では、バラと王子との関係の特徴を考えたい。結論を先に述べれば、章のタイトルにすでに示されているように、これはバラによる「モラル・ハラスメント」だ、と私は主張するつもりである。

私がこのように考えるようになったのは、フランスの精神科医マリー＝フランス・イルゴイエンヌ Marie-France Hirigoyen が一九九八年に出版した、その名も『モラル・ハラスメント（*Le*

Harcèlement moral)』という本を読んだからである。この本は一九九九年に早くも日本語に翻訳されている（『モラル・ハラスメント——人を傷つけずにはいられない』高野優訳、紀伊國屋書店、一九九九年）。ちなみに、Hirigoyen は普通に読むと「イリゴワイヤン」である。また、ネットに出ている映像を見たら、司会者が彼女を「イリゴイエン」と呼んでいるように聞こえた。が、翻訳書に「イルゴイエンヌ」となっているのでそれに従う。

イルゴイエンヌは、自身が女性であることもあって、男性から精神的身体的暴力を受けた女性のカウンセリングを行う機会が多く、そのなかで、身体的暴力を受けることなく、それでいて、ひどく傷つけられている女性が多いことに気づいた。彼女らは一様に、自分自身に対する深い罪悪感を抱いており、虐待者を恐れながらも、愛しているつもりになっていた。さらにイルゴイエンヌは、同じような現象が、家庭内のみならず、職場や学校といった空間でも広く見られ、性別を問わず、深刻な悪影響を与えていることを見出した。

私は、かつて自分自身がわけのわからない罪悪感に悩まされ、鉛色の空の下を生きていた。ひどいアレルギーや皮膚の炎症に苦しんでいて、まったく生きる気力が湧かなくなっていた。そのときに知り合いに「あなたは配偶者からモラル・ハラスメントを受けている」と教えてもらった。そうしてこの本を読んだのである。

驚いたことに、そこに書かれていたことは、多くの点で私自身の状況を正確に描写していた。特に、被害者の心情として描かれているものが、私自身のそれとよく一致していた。私は、私自身の特殊な人生を生きているつもりでいたのだが、実際には、よくある一事例に過ぎなかったのである。この気づきは、私に実存的な衝撃を与えた。

イルゴイエンヌは、主として女性を被害者、男性を加害者とする事例を挙げているが、言うまでもなく、コミュニケーションの病理としてのモラル・ハラスメントの本質を考えれば、性差が重要な役割を果たすことはありえない。少なくとも理論的には、モラル・ハラスメントはいかなる人間関係においても起きうるのであって、性差は外的諸要因のひとつに過ぎない。

イルゴイエンヌの本の英語版の翻訳者（Thomas Moore）は、冒頭に次のような断り書きを入れている。

フランス語では性別と関係のない言い方で言えるものが、英語では同等な表現がないので、虐待者（abuser）と被害者（victim）とを性別を特定した言い方をした。注意していただきたいことは、これは任意に入れ替えることが可能だ、ということである。加害者と被害者とは、言うまでもなく、いずれの性別でもありうる。

フランス語は英語と同様に基本的に人の男女を特定するので、普通はこのような違いが生ずることはない。おそらく「被害者 la victime」という単語が、被害者が男性でも女性でも女性形なので、このような事情が生じるのであろう。

一方、日本語は、フランス語や英語と違って、男女を一切特定することなく表現できるという優れた性質を持つので、以下ではどうしても必要な場合を除き、性別を示さぬように翻訳する。なお、同書の日本語版は、原文を相当にアレンジして訳しているので、そのままでは引用できない。私が英語版を参考にしながら、フランス語版から翻訳する。

イルゴイエンヌは、文学作品や映画のなかにモラル・ハラスメントを描いた作品が多くあることを指摘している。ちなみに、同書の冒頭で言及している作品の加害者は女性である。私は、この指摘を受けて、いろいろな芸術作品を調べてみたのであるが、そのなかで、最も純粋に美しく、しかも凄惨にその様相を描いた傑作が『星の王子さま』であった。

では、「モラル・ハラスメント」とは一体、どういうものなのであろうか。イルゴイエンヌは『モラル・ハラスメント』の冒頭で次のように述べている。

人生には、我々が最善を尽くすように励ましてくれるような刺激的な出会いがある。一方で、我々を害し、果ては破滅させかねない出会いもある。情緒的虐待 (harcèlement moral) の作用によって、ある人が別の人を破滅させることが可能である。それはときに、本物の魂の殺人にさえ至る。この邪悪な攻撃は、カップル、家族、職場、政治的社会的生活、など多種多様の場面に現れており、我々は誰もがその目撃者なのである。しかし、この間接的形態の暴力に直面すると、我々の社会は盲目となる。我々は、寛容の装いのもとに、ものわかりが

よくなってしまうのである。(Hirigoyen 1998, p.7; E. p.3)*1*2

ここで「情緒的虐待」と訳したのが、フランス語の harcèlement moral（モラル・ハラスメント）という言葉である。

注意すべきはここでイルゴイエンヌが何の説明もなく harcèlement moral という言葉を使っていることである。これはこの言葉がフランス語では、特段の説明を要しない概念であることを示し

---

*1 『モラル・ハラスメント』の日本語版は、翻訳書というより、注釈書あるいは解説書である。たとえば、冒頭のパラグラフは、以下のように多くの説明を加えて訳されている。私の翻訳は224文字だが、日本語版は333文字もあり、1.5倍になっている。

人間関係のなかにはお互いに刺激を与える良い関係もあれば、モラル・ハラスメント（精神的な暴力）を通じて、ある人間が別の人間を深く傷つけ、心理的に破壊してしまうような恐ろしい関係もある。精神的に痛めつけることによって、相手を精神病に導いたり、自殺に追い込んだりすることは決して難しいことではないのだ。それほど激しいものではなくても、夫婦や家族、職場やそのほかの社会生活のなかで、私たちはさまざまなレベルで精神的な暴力——すなわち、モラル・ハラスメントの暴力がふるわれているのを目撃している。だが、残念なことに、私たちの社会は肉体的な攻撃を加えないこういった暴力に対して目をつぶりがちである。他人の自由を尊重するということを口実に、モラル・ハラスメントを大目に見てしまうのだ。（17‐18頁）

*2 イルゴイエンヌの書物の引用は、原著ページと共に、E.として、英語版のページを併記している。

ている。

フランス語の harcèlement は、「しつこく攻める［悩ませる］こと」という意味である。これは harceler という動詞に由来し、その意味は「休みなく攻撃を繰り返す／しつこく悩ませる、いら立たせる」である（『クラウン仏和辞典第五版』三省堂による。以下同様）。英語の姉妹語である harass は、『ジーニアス英和大辞典』によると古いフランス語に由来し、犬を獲物にけしかけるという意味の harer が語源らしい。日本語にはこれにそのまま該当する言葉はないが、「いじめ」「村八分」「いやがらせ」「つきまとい」などが該当する。一番近いのは「いやがらせ」であろうか。

一方、フランス語の moral は「道徳の、倫理の」という意味のほかに、「（肉体・物質に対して）精神の、形而上学の」という意味がある。これは英語もほぼ同じである。ここでは身体に対する直接の暴力ではない、という意味で、moral が使われている。

同書の英語版では harcèlement moral を、emotional abuse と訳している。abuse という言葉は、乱用する、悪用する、酷使する、虐待する、という意味である。この言葉はラテン語の動詞 abutor から来ており、それは「使い切る」というような意味である。これには良い意味と悪い意味とがあり、悪いほうの意味だけが生き残って現在英語で使われる abuse になっている。

また、emotional は、同じくラテン語語源で、emoveo という動詞に由来する。e- が「外へ」、moveo が「動く」なので、人間の内面から外への動きという意味から、「感情、情緒」というように派生したのであろう。

そうすると、emotional abuseという言葉は、内面の表出という次元を通じて行われる相手をへとへとにさせるようないやがらせあるいは虐待、ということになる。以上を総合すれば、harcelèment moralという言葉の直接の意味は、

「身体的ではなく、精神的・情緒的な次元を通じて行われる継続的ないじめ、いやがらせ、つきまといなどの虐待」


と考えてよかろう。

とはいえ、イルゴイエンヌの本は、「モラル・ハラスメント」を単なる「いやがらせ」とは異なった次元でも使っている。というより、一冊の本のなかで繰り返しこの概念に立ち返ることで、それを膨らませ、止揚し、高次の概念へと発展させていく。それはもはや「モラル・ハラスメント」としか呼べないような独自の概念である。それゆえ本書では、「モラル・ハラスメント」という言葉を、その文字通りの意味（＝情緒的虐待、いやがらせ、など）とは区別して使用することにする。

その上で私は、この概念を『星の王子さま』の内容を分析しつつ、さらに抽象化していこうと思う。というのも、すでに『複雑さを生きる』（岩波書店、二〇〇六年）で論じたように、この概

念は人間のコミュニケーションの本質を考える上で、決定的な意義を持っている、と考えているからである。このイルゴイエンヌの業績に対する私の評価は、おそらく彼女自身のそれを超えている。

二〇〇六年二月二四日に東京大学の鉄門会館でイルゴイエンヌの講演会が行われ、そこで私は主催者にお願いして、直接お話しする機会を得た。そのときに、「モラル・ハラスメントの概念は、人間のコミュニケーションの研究にとって極めて重要であって、フロイトが『イド』を発見し、あなたが『モラル・ハラスメント』を発見した、というくらいの偉大な功績だと思います」と申し上げたら、彼女はどちらかというと、とまどった表情を見せていた。おそらく、私の評価は、「過大評価」なのだと思う。それゆえ、本書のハラスメント論は、イルゴイエンヌのそれに全面的に依拠しつつも、それとは異なるものとなっている恐れがあることを、あらかじめ申し上げておきたい。

単なる「いやがらせ」と「モラル・ハラスメント」とは次元が異なっている。というのも、「いやがらせ」が行為の次元に属するのに対して、「モラル・ハラスメント」は個々の行為の名称ではない。それは、二人の人間が取り結ぶ関係性のあり方、あるいはその構造に関する名称である。ある人が別の人に、「いやがらせ」を一回あるいは複数回やっても、それだけでは「モラル・ハラスメント」ではない。また、「モラル・ハラスメント」が成立している場面では、「いやがらせ」だけが行われるわけではない。それどころか、「いやがらせ」だけが繰り返されるなら、それは「モラル・ハラスメント」ではなく、いやがらせの繰り返しに過ぎない。「モラル・ハラスメント」が成立するためには、「いやがらせ」が行われると共に、それが隠蔽されねばならない。「いやがらせ」と「いやがらせの隠蔽」とが同時に行われることが、モラル・ハラスメントの成立にとって、決定的に重要である。被害者が「自分はいやがらせなど受けていない」とか「悪いのは私だ」などと思い込むことが、モラル・ハラスメントの成立のための不可欠の条件である。

念のために言っておけば、日本では「モラル」というので「道徳」と関係あるように受け取られているケースがあるが、それは誤解である。最近出版された加藤諦三『モラル・ハラスメントの心理構造』（大和書店、二〇一三年）は正面切って、モラル・ハラスメントを、「モラルによるハラスメント」「美徳による支配」という意味で使っている。加藤の議論そのものには学ぶべきことも多いが、それはイルゴイエンヌの本とは無関係である。加藤は、「美徳ハラスメント」などと、別の概念を提案して、混乱を避けるべきであったと思う。

とはいえ、このような誤解には、それなりの理由がある。なぜなら、「いやがらせ」を隠蔽するために、「美徳」が持ち出されることが多いからである。親が子どもをいじめておきながら、

「こんなことをやりたくないが、お前のためにやっているんだ」

と言って子どもに罪悪感を植え付けるケースは、最悪の、そしておそらくは根源的なモラル・ハラスメントである。

イルゴイエンヌの書物からの先ほどの引用文には、「本物の魂の殺人（un véritable meurtre psychique）」という言葉がある。これは二通りに解釈できる。ひとつは、本物の「魂の殺人」であり、もうひとつは、魂の次元を通じた「本物の殺人」である。これはどちらとも取ることができる。

「魂の殺人」というのは、モートン・シャッツマン（Morton Schatzman）による *Soul Murder* という書物に由来する概念である。邦訳は岸田秀によるもので『魂の殺害者――教育における愛という名の迫害』（草思社、一九七五年〈新装版、一九九六年〉）というタイトルになっている。

これは、ダニエル・ゴットリープ・モーリッツ・シュレーバーというドイツの教育者が、息子に対して自分の教育理論を厳格に適用し、長男を自殺に追い込み、裁判官として出世した二男も四二歳で発狂した、という事例を研究したものである。次男ダニエル・パウル・シュレーバーは、自分の見た幻覚を書物にしており、フロイトがこれを解析して『シュレーバー症例論』という本を書いたことで有名である。シャッツマンはこの症例を新たな視点から分析し、パウル・シュレーバーの幼時体験と発狂後の回想録とを綿密に比較しつつ再解釈を加え、教育というものの恐ろしさを明らかにした。これが「魂の殺人」である。

一方、魂の次元を通じた「本物の殺人」というのは、たとえば被害者の罪悪感を募らせて、自殺に追い込むことである。このような事例は、実のところ、我々の目撃する「自殺」のかなりの部分を占めている可能性がある。イルゴイエンヌは言う。

隠された暴力と我々が呼ぶもの（ブラックメールや威嚇や脅迫）に加えて、実際の暴力が用いられ、殺人に至る場合もある。それは、虐待者の邪悪なゲームの失敗である。なぜなら、この邪悪な者は間接的に殺すこと、より正確に言えば、相手を自殺に誘導することを好むからである。（Hirigoyen 1998, p.143; E. p.118）

この観点からすると、『星の王子さま』の悲劇的結末は明確な意味を帯びる。この点については後で詳論する。

☆　☆　☆

イルゴイエンヌは「モラル・ハラスメント」が、次のような二段階を経て成立する、と指摘している。

(1)虐待者が標的となった被害者の人格を破壊して支配下に置く過程。

⑵精神的暴力を振るう過程。

前者は数年に及ぶこともある。また⑵ではそれが身体的暴力にも及ぶことがあるが、そうなると「moral（精神的）」ではなくなって、「身体的（physique）」となるが、その本質に違いはない。

第一段階で虐待者は、巧妙に相手を惹きつけて関係をつくりだし、その後に相手の人格を不安定化させ、徐々に自信を失わせ、最終的に支配下に置く。支配下に置くことに成功すれば、明確な虐待を開始し、相手を苦しめ、弱らせて人格を踏みつぶして喜ぶ。

この病的な「コミュニケーション」のあり方についてイルゴイエンヌは次のように言う。

支配の確立には、コミュニケーションの幻影を与える過程が不可欠である。それは特異なコミュニケーションであり、繋がることではなく、相互の交流を排除し、妨害するものである。コミュニケーションにおけるこの歪みの目的は、相手を利用することである。そのためには被害者を、言語的に操作し、生じている過程を理解できないようにし続け、更なる混乱へと陥れねばならない。実際の情報からの「報道管制」が、被害者を無力に陥らせるために不可欠である。（Hirigoyen 1998, p.117; E. p.95）

モラル・ハラスメントは、単にいやがらせをすることではない。それは他人の支配を目的としたコミュニケーションならざるコミュニケーション、つまりはコミュニケーションのフリであり、それによって被害者を混乱に陥れ、情報を隔絶させて無力化して支配し、いたぶることなのである。

この指摘は、王子が地球でバラが咲き乱れる庭に出た場面を思い出させる。王子は、あのバラにそっくりな五千本の花を見て驚愕し、花を誰何《すいか》する。すると花は自分たちはバラだ、というのである。ところが「あの花は彼に、彼女がその種としては宇宙に唯一だ、と言っていた」のである。これはバラが王子に嘘をつき、「報道管制」に置いていたことを意味する。次章で詳しく検討するが、砂漠のキツネと王子との対話は、このバラの嘘をどう解釈するかを巡って展開する。

虐待者はどんな人間でも標的にする。イルゴイエンヌはこの点について以下のように説明する。

なぜ被害者は選ばれたのか。
それはその人が、そこにいたからであり、何らかの形で、障りになったからである。加害者にとって、被害者には何の特別なところもない。運悪く（あるいは好都合にも）その時にそこにいた、取り換え可能な獲物に過ぎない。（Hirigoyen 1998, p.166; E. p.137）

バラの種が王子の星に飛んできたのは、単なる偶然であり、そこには何の必然性もなかったことが思い起こされる。

虐待者が被害者を支配する際に重要な役割を果たすのが、被害者の抱く「罪悪感」である。それゆえ、自分自身に罪悪感を抱いており、それを解消しようとして責任感を強く感じる人が被害者となりやすい。あるいは、より正確に言えば、虐待者でなければいかなる人でも、そういう側面を持っており、そこが狙われるのである。

そういった対象となる被害者は、誤解を受けたり、ぎくしゃくしたり、ということを受け入れられないので、それを正そうとする。困難が生じた場合には、努力を増大させる。過剰に働き、大変なことになったと思い、罪悪感を抱く。より一層働いて、ぼろぼろになって効率が悪くなると、それはもはや悪循環であり、常に更なる罪悪感に苛まれるようになる。ついには「私のパートナーが満足せず、私を虐待するのは、私が悪いからだ」と自分を責めるまでに至る。この過剰な感覚は、自責の念と共に、何か間違いをしてしまうのではないかというおそれと結びついている。このような呵責は、大きな被害の原因となってしまう。(Hirigoyen 1998, p.173, E. p.142)

この罪悪感の自己増殖が起きれば、もはや被害者は虐待者の支配下に入ってしまっており、そこから抜け出すのは非常に難しくなる。なぜなら抜け出すこと自体に、強い罪悪感を抱くからである。

モラル・ハラスメントは、直接の暴力を伴わないコミュニケーションのフリをした、偽物のあるいは病的なコミュニケーションである。それによって犠牲者が虐待者に縛り付けられることが、その本質である。人格を破壊され、不安に陥れられ、情報を寸断され、罪悪感に苛まれて身動きが取れなくなる。

☆　☆　☆

さて、このような観点からバラと王子とのやりとりを確認しよう。飛行士が王子からバラの存在を初めて聞いたのは、五日目の朝であった。しかしその前日に、夕日を巡る対話がある（第6章）。

ああ、小さな王子。私はこうして少しずつ、君の憂鬱な生活を理解するようになった。長い間、君の唯一の慰めは、夕焼けの優しさだった。私はこの新しい詳細を四日目の朝、君が私にこう言ったときに知った。

「ぼくは日の入りが大好きなんだ」

「君の憂鬱な生活」とは、ta petite vie mélancolique というフランス語で、「憂鬱」は「メランコリック」である。この mélancolique という言葉は、王子の雰囲気を表す一種のキーワードとなっている。たとえば第3章の最後にも出てくる。

そしてたぶん、少しの憂鬱さと共に（avec un peu de mélancolie）、彼はこう言った。

「まっすぐ前へ、といっても、そんなに遠くへ行けるものではない」


このような形で王子の雰囲気を表すためにmélancolieという言葉が使われる。

王子の夕日好きは大変なもので、小さな彼の惑星の上を歩きまわることで、一日に何度も日の入りを見ることがあった。最高記録は四四回であるという。


「ある日、ぼくは夕日が沈むのを四四回も見た」

そして少し遅れてこう付け加えた。

「ねぇ、とても悲しいと、日の入りが好きになるものだね……」

「四四回も見た日、君はそんなにもひどく悲しかったのかい？」

しかし、小さな王子は答えなかった。


実に憂鬱な様子である。その原因はこの時点では示されないが、バラとの関係にあることが徐々に明らかとなる。

☆　☆　☆

続く第7章、砂漠の日付では五日目に、「バラの棘」についての長い問答が展開する。飛行機の故障が予想以上に深刻で、飲み水も尽きてきて、死の恐怖に怯えつつ修理する飛行士に、王子がいきなり話しかける。

「羊が低木を食べるなら、花も食べてしまうの?」
「羊は出くわしたものは何でも食べるよ」
「棘を持っているものでも、食べてしまうの?」
「ああ。棘を持ったものでも、食べてしまうよ」
「だったら、棘は、いったい何の役に立つの?」

飛行士は命がけで修理をしているので、返事をしなかった。そうすると王子はさらにムキになって問いかけてきた。

「棘は、何の役に立つの?」

小さな王子はひとたび質問すると、決して諦めなかった。私はボルトに苛立っていたので、何でもいいからと返事をした。

「棘は、何の役にも立たない。それは単に意地悪だ、ということ。あの花がね」

「単に意地悪」は pure méchanceté である。これは「純粋に悪意がある」とも訳すことができる。バラが虐待者であるなら、確かにそのとおりである。飛行士の発言は重大な事態を引き起こす。というもこれが本当のことだったからである。これを聞いた王子は、異常な反応をする。この「棘は、何の役に立つの？」という問いは、彼がバラからモラル・ハラスメントを受けていることの結果だと解釈しうる。

モラル・ハラスメントの被害者は、自分が虐待者によってひどい目に合わされている、ということをなかなか認められない。虐待者はまともなコミュニケーションが行われているというフリをして被害者を騙しており、被害者がそのことに気づかなくなっていることが、モラル・ハラスメントの本質である。虐待者は「コミュニケーションのフリ」以外のコミュニケーションができない人間であるために、被害者には、それが「フリ」であることに気づくのが難しいのである。かくして被害者は、原因を自らの目から隠してしまい、なんだか苦しいけれど、理由がわからない、という状態になる。それゆえ、その理由を無駄に探し求めることになる。

イルゴイエンヌは言う。

被害者も、たまさかの目撃者も、眼前で展開していることを、信じることができない。なぜなら、その人自身が邪悪でない限り、そのような同情心の欠如した暴力は、想像することもできないからである。かくて人は、そういった感情（罪悪感、悲しみ、良心の呵責）が加害者にもあると仮託してしまいがちであるが、実のところそんなものは完全に欠如している。被害者は、事態を飲み込めないので、遂には動揺して、そんなことを目にするはずがないと、現実を否定してしまう。「そんなことは起きるはずがない、あり得るはずがない！」と。

　暴力的な拒絶に出会い、しかも言葉の上でそれを否定されたと感じて被害者は、事態を理解し、説明するための無駄な努力をする。それが我が身に起きた理由を探し求め、見出すのに失敗する。そのために自信を失い、いつでもイライラして、攻撃的になり、繰り返し質問する。「私が何をしたから、こんなふうに取り扱われるのか？　必ず何か理由があるはずだ」と。（Hirigoyen 1998, p.185-6; E. p.154）

王子は確かに繰り返し、一方的に質問している。

　小説ではバラの棘は、虎から身を守るためだ、ということになっている。しかし、少し考えればわかるように、そんな役には立たない。それゆえ王子は「棘は、何の役に立つの？」としつこく質問する。この執拗さは、この棘こそが王子の憂鬱の原因であり、しかもそれを王子が、自らの目から隠蔽している、と考えれば合理的に理解できる。

　この「棘」はバラによるいやがらせの象徴である。王子は、自分がバラの棘にチクチクとやられて痛いので憂鬱になっていることを「知って」いる。しかし、バラの偽装的コミュニケーションによって、そのことから目を背けるように操作されている。虎の話はその偽装工作の一部に過ぎない。王子も無意識ではそれがわかっているので「何の役に立つの（＝何の役にも立っていないよね？）」と質問するのである。

王子は、自分の苦悩の原因を知りながら、それを自ら否定している。そしてバラとコミュニケーションを取るたびに、痛みを感じてしまう。その原因は「棘」なのだが、その可能性を排除しているので理由がわからない。そのために、痛みで憂鬱になる自分自身に罪悪感を感じ、ますます憂鬱になる。

飛行士は、死の恐怖のために王子に気をつかう余裕をなくしており、思わず「バラが意地悪なだけだ」と本当に感じていたことを言ってしまう。図星を突かれた王子は激昂し、自分自身に対して自分でついている嘘を守るために、わけのわからないことを言い始めるのである。

虐待者によって支配されている被害者は、虐待者を尊敬している。というのも、虐待者が獲物を見つけてモラル・ハラスメントを仕掛ける理由のひとつが、それだからである。虐待者は、空虚な人間であり、本当は自分に何もないことをよく知っている。しかし、それを認めて、そこから自らを成長させる、ということができない。そこで、自分が羨む何かを持っている人を支配し、その人に尊敬させることで、自分の空虚を埋めようとするのである。

被害者は、自分が被害を受けていることを認識できない限り、虐待者を尊敬することになる。そして、ほかの人から、虐待者のしていることを指摘されると、うろたえて拒絶する。「外部の人が被害者の服従ぶりや、相手が自分への敬意を欠いていることに対してあまりにも寛容だと指摘したとしても、その事実に直面することを拒絶するものだ（Hirigoyen 1998, p.191, E p.158)」。「花が意地悪なだけだ」と「外部の人」たる飛行士に指摘された王子は、混乱に陥って、意味のわからない抗議を繰り広げる。

「ぼくは君を信用しない！　花というものは弱いものなんだ。彼女らは無邪気なんだ。彼女らはできることをやって、自分を安心させている。棘があれば強いと思い込んでいる」

ここで王子は、les fleurs と複数形で話しているので「花というもの」と一般化している。つまり、「あの花」ではなく、「花というもの一般」について論じていることになる。これは奇妙であるが、考えてみればよくある話法である。

たとえば、あなたの会社で誰かが、上司にハラスメントを受けているとしよう。そのことに気づいたあなたが、その人に「あれはいくらなんでもひどいのではないか」と指摘する。すると、その被害者は往々にしてこういうことを言う。

「まぁ、そうだけどねぇ……上司って、そういうものだよ」

あなたは具体的に「あの上司」の悪行について指摘しているというのに、その人は「上司一般」

について語ることで、話をはぐらかすのである。

この人も、本当は「あの上司」がひどいことをしている、と感じている。それゆえ、「あの上司はそんなことはしていない」とは言わない。しかし「ひどいことをされている」ということを認めるのは怖いので、「上司一般」の話をして、自分自身をはぐらかすのである。

あるいは、夫に殴られている妻や、妻に支配されている夫であっても、同じことを言う。

「夫婦って、多かれ少なかれ、そんなものなんじゃないの?」

「その夫婦」の話をしているのに、「夫婦一般」に話がずらされる。王子がここでやっているのも、同じ話法である。

王子もまた本当は、「あの花」について、違うことを感じているはずである。おそらくはこの部分の本当の意味は、

「ぼくは君を信用する！　あの花は意地悪なんだ。彼女はあの手この手でぼくを支配することで、崩れそうな自尊心を満足させている。彼女には棘があるので、ぼくは痛いんだ」

ということなのだと思われる。

ここは重要なポイントなので繰り返しておこう。王子はなぜ自分が苦しいのか、本当の理由を感じてはいる。しかし、それを言葉で否定してしまっているので、理由がわからない。そのために混乱し、自信を失い、イライラして、攻撃的になっている。そして、「なぜバラには棘があるの？」と執拗に問い続ける。それは、イルゴイエンヌの描く被害者像と、一致している。

飛行士は、飛行機を修理できなくて水もなくなって、命が危ない、という深刻な問題を考えているので、いい加減に答えたのだ、と弁明すると、王子はさらに怒り狂う。

「君はすべてを混乱させている……君はすべてをごちゃ混ぜにしている！」

「混乱させている」は confondre という動詞であるが、これは英語でいえば confuse である。「ごちゃまぜ」は mélanger で、意味は「混ぜる」である。しかし、「混乱している」のは飛行士ではなく、王子なのだ。そして、イルゴイエンヌの指摘するように（36頁参照）、「混乱（la confusion）」は、虐待者が被害者を支配するための重要な要素である。

そこからさらに王子は、青くなってまで怒り狂い、まったく意味不明の長広舌を振るう。その途中で、

「何にも役に立たない棘をつくりだすのに、花があんなに苦労しているのはなぜなのか、理

解しようとするのが、真剣じゃないの？」

と言っているのは示唆的である。バラが一見、無用に見える棘を苦労してつくりだしているのは、王子のような獲物を支配するためである。そのことを王子は理解すべきなのだが、その答えを最初から排除しているために、棘の存在理由を理解することができない。それゆえありもしない答えを求めて、無駄な努力を繰り返す。その無駄な努力が、「真剣」なことだと王子には思えるのである。

飛行士の描いた羊は、バオバブの木ではなく、危険な刺を持つバラを食べて、王子を救い出すことができるのだが、バラ（＝虐待者）に支配されている王子は、それを拒絶する。そして羊からバラ（＝虐待者）を守る方法を必死で探す。

王子の混乱ぶりに当惑し、根負けした飛行士は、命がかかっている作業を中止して、王子を抱き上げて次のように言う。

「君の愛している花は、大丈夫だ……ぼくが君に羊の口輪を描いてあげる……ぼくが君に君の花のための囲いを描いてあげる……僕が……」

これで第7章は終わりである。

☆　☆　☆

第8章でようやく、バラと王子との出会いが描かれる。バラはどこからともなく種子として飛んできた。バラにとって王子は、たまたまそこにいた魅力的な獲物であったに過ぎない。王子は注意深く観察して、バオバブの木ではないことを確認し、その上で蕾が開くのを固唾を飲んで待っていた。しかし、バラは延々と何日もお化粧を続け、念入りに色を選び、衣装を纏っていた。「彼女は自らの美しさが十全に光り輝くのでなければ、姿を現す気がなかった」。

そしてある日、ちょうど日の出の時刻にバラは姿を見せた。

「ああ、やっと目が覚めたわ……ごめんなさいね……まだ髪がとっても乱れたままで……」

小さな王子は、そのとき、感嘆を抑えることができなかった。

「あなたは何と美しいんだ！」

「でしょう？」と花は柔らかに応えた。「それに私は太陽と同時に生まれたのよ」

王子は、彼女がさほど慎み深くはない、と思ったが、しかし彼女はあまりにも眩惑的であった。

これはバラによる完璧な演出である。興味深いことにこの段階で王子は、これが罠であることに薄々気づいているが、それにもまして、バラは眩惑的だったのである。

王子がうっとりしているのを見透かしてバラは、王子がバラの世話を当然すべきであるのに、その責務を果たしていない、という圧力を掛ける。このように、相手が心を開いているタイミングで「グサッ」とやるのが、モラル・ハラスメントの正しい手口である。王子はうっとりしているところにいきなりパンチを食らって、困惑する。そしてあわててじょうろを手にしてバラに水をやるのである。


こうして、彼は彼女のかなり厄介な虚栄心のために、すぐに苦しめられはじめた。たとえばある日、彼女の四つの棘についてほのめかしながら、王子にこんなふうに言った。「虎があの爪で襲ってきても、私は平気よ」

「ぼくの星に虎はいないし、それに虎は草なんか食べないよ」と王子は反論した。

すると花は「私は草なんかじゃありません」と柔らかに言い返した。

「ごめんなさい」

「私は虎なんかちっとも怖くないけれど、空気の流れがいやなのです。衝立はお持ちじゃなくって？」

王子は「空気の流れがいやだって……困ったなぁ。植物なのに……」とつぶやいた。「この花はどこまでもややこしいなぁ……」

「暗くなったら、私に球形のガラスの覆いを掛けてちょうだい。あなたのところはなんて寒いんでしょう。設備が悪いわね。私がここに来るまでいたところは……」

しかし、彼女は黙りこくった。彼女は、種の形で来た。他の世界のことなど、知っているはずがなかった。こんなにも間抜けな嘘をついた現場をおさえられるという恥辱に、彼女は二、三度、咳払いをした。悪いのは王子のほうだと思わせるためだった。

「衝立はどうなりました？」

「取りに行こうとしていたのだけれど、あなたが私に話しかけていたものだから」

すると彼女はもう一度、咳き込んでみせて、いずれにせよ王子に自責の念を負わせようとした。

ここでバラが繰り返し王子に押し付けているのは、「悪いのは王子だ」という感覚、すなわち「罪悪感」である。マヌケなことを言ってバラが勝手に恥をかいているというのに、「恥」を感じさせてしまう無神経な王子が悪いのだという罪悪感、王子がバラのことを気遣わないでいる、という罪悪感といったものを押し付けている。咳き込むという奇妙な動作が、そのために動員されている。

この箇所について加藤晴久は、次のように重要な指摘をしている。

バラは、まず「王子が悪い」ことにして、次の段階では王子に「自責の念」までも抱かせようとした。mettre dans son tort から infliger des remords への意地の悪さの深刻化がある。(加藤晴久 二〇〇六、八一頁)

加藤は、最初の咳と次の咳とを比較している。最初の咳は、種として王子の星に来たくせに、「私がここに来るまでいたところは……」と言ってしまって、恥をかいて、それをごまかすためである。

elle avait toussé deux ou trois fois, pour mettre le petit prince dans son tort

彼女は二、三度、咳払いをした。悪いのは王子のほうだと思わせるためだった。

これが第一段階であり、ここでは「悪いのは王子だ」と思わせている。

第二段階では、自分が話しかけたので、王子が衝立を取りにいけなくなったのだ、という王子の抗論を封じ込め、そのように気が利かなかったり、反論したりすること自体が王子の罪であると思わせて、「自責の念(remords)」まで抱かせようとしたのである。加藤は「remords は regret よりずっと強い『後悔』である」と註釈している。

この意地悪のエスカレートは、これだけではずいぶんと些細でしかも唐突に見える。もちろんそれは文学作品としての凝縮した表現の技法であり、バラによる王子への攻撃と支配の段階を、二度の咳払いによって、簡潔にかつ象徴的に表現しているのである。

すでに述べたようにイルゴイエンヌはモラル・ハラスメントの形成過程を、

(1)相手の人格を破壊して支配下に置く過程。

(2)精神的暴力を振るう過程。

の二段階に区分したが、加藤の指摘したバラの意地悪の二段階は、これに対応している。イルゴイエンヌは(1)の段階が何年も掛かることがあるとしているが、バラの王子へのモラル・ハラスメントでは、それを象徴的に二段階の咳き込みで表現したのである。

そして深刻な次のパラグラフが訪れる。

Ainsi le petit prince, malgré la bonne volonté de son amour, avait vite douté d'elle. Il avait pris au sérieux des mots sans importance, et était devenu très malheureux.

これはこの書物のなかでも、特に難解な箇所である。

かくして小さな王子は、彼の愛による善意にもかかわらず、すぐに彼女を疑うようになった。彼は大したことのない言葉を真面目に受け取って、とても不幸になった。

と、とりあえずは訳しておく。問題は二つある。ひとつは、「愛による善意にもかかわらず、すぐに彼女を疑うようになった」という言葉が何を意味しているかである。この言葉が前提にしているのは、

(1)愛から善意が生ずる。
(2)善意があれば彼女を疑うことにはならない。

ということである。

このどちらもが謎めいているが、これはモラル・ハラスメントの被害者の心情として解釈することができる。イルゴイエンヌは言う。

それはゲームか知的な競技のようにして始まる。乗り越えるべき課題がここにある。それは過大な要求をする人物にパートナーとして受け入れられるかどうか、というものである。メランコリックな人（mélancoliques）は「気持ちの昂ぶりをつくりだす（《se font des émotions》）」

のであり、人間関係の中に興奮を探し求めている。それは彼らに何かを感じさせてくれる。そして、わざわざ厄介な状況やパートナーを自ら選び取ることで彼らは、自分の価値を認め、あるいは増大させる。

被害者になりやすい人は、一方で、何らかの幼児期のトラウマに関係する痛む傷があり、一方で、並外れた活力を持つ、と言うことができよう。虐待者は、前者のメランコリック（mélancolique）な側面ではなく、後者の活力の側面を標的とし、彼らの見出した活力を盗み取ろうとするのである。（Hirigoyen 1998, pp.174-5; E. pp.143-4）

ここでイルゴイエンヌが「メランコリック」と言っているのは、フーベルトゥス・テレンバッハ（Hubertus Tellenbach 1914-1994）の言う「メランコリー親和型 typus melancolicus」のことである。イルゴイエンヌによれば、こういったタイプの人は、仕事においても人間関係においても、秩序を愛し、自分が面倒を見るべき人々に献身し、逆に他人から何かしてもらうことをためらう。秩序への執着と良いことをしたいという渇望の結果、こういった人々は平均よりよく働く良心的な人物となる。そのためにギリギリまで頑張ろうとしてしまう傾向がある。この種の人は、

自らを相手に与え、自らを相手の自由に委ねることによって、その愛を獲得し、彼らの役に立ち（à leur rendre service）、喜ばせることに、大きな満足を感じる。（Hirigoyen 1998, p.172-3;

E.p.142）

ここに描写されるメランコリー親和型の価値観は、興味深いことに、サン＝テグジュペリのそれと共通点が多い。サン＝テグジュペリについての最初の本格的な論考とされるR・M・アルベレスの『サン＝テグジュペリ』（中村三郎訳、水声社、一九九八年、一八二―一八三頁）では、その最終章の終わりの方で『手帖』から引用しながら、次のように述べている。

このような諸構造に、このような諸価値に、彼は――あらゆる宗教の埒外で――宗教的概念による名称をあたえる――「だからわたしは、次のような若干の、厳密に宗教的な概念を規定した。

隣人への愛
愛
目に見えない財宝
犠牲
普遍（善悪の概念は、おそらく社会的な概念に帰するだろう）」

ここで、われわれの時代になって明らかにされた諸価値、われわれの時代の礎となっている諸価値が、たやすくそれと察せられるだろう。

そしてまた、『サン＝テグジュペリの生涯』（檜垣嗣子訳、新潮社、一九九七年［Schiff, 1994］）を著したステイシー・シフは、次のように述べている。

キャップ・ジュビーでの任務は一九二八年九月までだろうといわれていた……状況が変らないかぎり、居残ることは彼の「義務」であった。彼の作品や思想にとって非常に重要な言葉が、おそらくここで初めて使われた。「私は何かの役に立っています」という言葉である。（三七頁）

サン＝テグジュペリは、命を捨ててまで、誰かの役に立つ（be good for something）ことを、何よりも大切なことだと考えており、それを可能にするのが愛だ、と考えていたのである。ただし、メランコリー親和型の人が特異的に被害者になる、というわけではない。すでに述べたようにイルゴイエンヌは、被害者は誰でもなりうると考えているのであり、このような側面が誰にでも少しはある以上、そこが利用される、と見るべきであろう。あるいは、モラル・ハラスメントの罠に掛かることで人は、メランコリー親和型の側面を肥大化させ、ますますその罠に掛かりやすくなる、という悪循環を想定するべきかもしれない。

さて、虐待者は、標的となった人の、「人の役に立ちたい」という思いを利用する。被害者は、厄介なパートナーの過大な要求を、自分の愛情の力で乗り越えてみせる、というゲームに惹きつけられる。そうすることで、自分の価値を自分自身に認めさせようとするのである。このゲームが成り立つには、愛情の力があれば、相手の悪辣な行為や言説を、どこまでも善意に解釈し、しかもそれを疑わずに受け入れて要求を果たし続けることが可能でなければならない。これは、「愛による善意にもかかわらず、すぐに彼女を疑うようになった」という文の含意する(1)(2)の条件そのものである。

ところが実際には、そのようなことは人間には不可能である。そうすると被害者は自分の価値を認めることができなくなり、罪悪感と自責の念に苦しめられることになる。もちろん虐待者は、それを狙って攻撃を繰り返す。王子が、バラの言葉を真面目に受け取って不幸になったのは、この罠に嵌ったからだと考えられる。このように考えるなら、上の難解なパラグラフを、一貫して理解することができる。

つまり、

かくして小さな王子は、彼の愛による善意にもかかわらず、すぐに彼女を疑うようになった。彼は意味のない言葉を真面目に受け取って、とても不幸になった。

という文章のなかの「彼の愛による善意」は、王子がバラの過大な要求に応えてパートナーとして受け入れられる、という課題に真摯に挑戦したこと、と解釈しうる。しかしその課題に取り組めば取り組むほど、王子は苦しくなった。それは、彼女の「大したことのない言葉」つまりはバラの「棘」のためである。ところがサン＝テグジュペリはおそらく、そうやって自分を犠牲にして相手の役に立つなら、たとえ自己を犠牲としたとしても、それは悦びであるはずだ、という倫理観を抱いていた。それゆえ、愛があれば乗り越えられるはずだ、と信じていたのではなかろうか。かくしてモラル・ハラスメントの罠が成立し、王子は不幸になったのである。

このようなバラとの関係を告白した王子は、飛行士に向かって次のように叫ぶ。

「ぼくは彼女の言うことなんか、聞いてはいけなかったんだ」

ある日、彼は私に打ち明けた。

「花の言うことなんか聞いてはいけない。花は見て、香りを嗅がなければいけない。ぼくのバラはぼくの星をいい香りで包んでくれた。だけどぼくはそれを楽しめなかった。あの爪の話（Cette histoire de griffes）だって、ぼくをうんざりさせるのではなくて、ぼくに同情させようとしたんだ……」

そして彼はさらに打ち明けた。

「その頃、ぼくは何も理解できていなかった。ぼくは彼女の言葉ではなく、行為に従って判断せねばならなかった。彼女はぼくの星をいい香りで包み、ぼくの生活を明るくしてくれた。ぼくは逃げ出すべきではなかった！　彼女の愚かな策略の背後にある優しさを認識すべきだった。花って、なんて矛盾しているんだろう！　でもぼくは、あまりに若くて、彼女をどうやって愛したらいいかわからなかった」

この王子の告白は、次のような認識を示している。

(1)バラは行為としては、いい香りときれいな姿で誘惑する。
(2)バラは言葉でひどいことを言って、王子を傷つける。
(3)バラは矛盾している。
(4)前者が「真意（＝愛）」であり、後者は「愚かな策略」である。
(5)このことを理解すべきであったが、若すぎてできなかった。
(6)星を離れてバラから逃げ出したのは早計であった。

しかし、モラル・ハラスメントという観点からすれば、この認識は間違っている。バラの行動は一切、矛盾していない。矛盾したメッセージを送り込んで王子を混乱に陥れるのがその目的だからである。

虐待者は(1)によって被害者を誘惑して惹きつけ、その上で(2)によって攻撃する(1)(2)をあわせたものが「策略（ruses）」であるが、これを加藤晴久は、「王子を悩殺しようとして、バラがもったいをつけたり、しなをつくったり、空威張りしたり、繊細ぶったり、嘘をついたりして使う手練手管のこと」と註釈している（加藤　二〇〇六、八三頁）。

この手の込んだ策謀によって、被害者は混乱に陥る。このような矛盾したメッセージを送り込み、被害者を混乱に陥れることで、モラル・ハラスメントは成立する。

混乱させられた被害者は、「相手はいい人のはずだ、こんなひどいことを言うのは私が悪いからだ」と解釈してしまう。このような状態に置かれたなら、人は苦しむのが当然であり、その苦悩は若すぎたからでもなんでもない。しかしモラル・ハラスメントの被害者は、自責の念を抱いてしまい、(5)のように、悪いのは「真意」を理解できなかった自分だ、と思う。

そして、あまりの苦悩に耐え切れずに被害者が虐待者の元を離れると、さらに罪悪感が増大してしまう。被害者は、自分を無責任だと思い、(6)のように虐待者の元を離れるべきではなかった、と後悔するのである。

このように、王子の告白は、モラル・ハラスメント被害者の典型的な思考パターンを端的に表現している。サン＝テグジュペリが、わずか数行で、これだけ正確に被害者の心性を描き出していることは、驚嘆に値する。

☆　☆　☆

第9章で王子は、バラのモラル・ハラスメントに耐えかねて、自分の星を捨てて旅立ってしまう。いつものように活火山を掃除したり、日頃は掃除しない休火山を念のために掃除したりし、バオバブの芽を最後のひとつまで丹念に取り除く、といった日常の仕事を感傷的になりながら王子はこなす。

そして意を決してバラに最後の水をやって、ガラスの球形の覆いを被せてやろうとしながら、別れの挨拶をする。

「さよなら」と王子は花に言った。
しかし、彼女は彼に返事をしなかった。
「さよなら」と彼は繰り返した。
花は咳き込んだ。しかしそれは風邪のためではなかった。

バラが咳き込んだのは、いつものように王子に罪悪感を植え付けるための操作を始める、というサインである。別れ際の攻撃は、意表を突くものだった。

「私、バカでした」と彼女はようやく彼に言った。

「許してちょうだいね。お幸せに」

彼は、彼女が責めないのに、驚愕した。彼は、ガラスの球形の覆いを手に持ったまま、まったく呆然としていた。このような静かな優しさを理解することができなかった。

「ええ、そうよ。あなたを愛している」とバラは彼に言った。

「あなたがそれに気づかなかったのは、私のせいよ。それはどうでもいいわ。でも、あなたはちょうど私と同じくらいバカだった。お幸せに……そのガラスの覆いなんか、放っておいて。それはもういりません」

「だけど、風が……」

「風邪はそんなにひどくありません……夜の空気は私のためになります。私は花です」

「しかし、動物や虫は……」

「私が蝶と知り合いになりたければ、二、三匹の芋虫は我慢しないといけません。蝶はとってもきれいだとか。さもないと、誰が私を訪ねてくれるというの。あなたは遠く離れてしまう。大きな動物なんか、怖くない。私には棘があるわ」

そして彼女は、自分の四つの爪を無邪気に見せた。そして付け加えた。

「そんなふうにぐずぐずしないで、イライラするわ。あなたは離れる決意したの。立ち去りなさい」

こんなふうに言ったのは、彼女は泣くところを彼に見られたくなかったからだ。彼女はそんなにも、勝気な花だった。

出ていくと言ったら、バラがどんなにひどいことを言うかと覚悟していた王子は、そのしおらしい態度に衝撃を受けて混乱し、頭が真っ白になっている。これこそバラの最後の最強の攻撃であった。

イルゴイエンヌは言う。

支配が成立すると、被害者は混乱に陥る。呻く気にもならず、どうやって呻いてよいかもわからない。麻酔をかけられたように、頭が真っ白になり、考えることができなくなった、とこぼすばかりである。被害者は、彼らの能力が実際に衰退し、その一部が消滅し、彼らの内面の生き生きとした自発的なものが、切断された、と描写する。(Hirigoyen 1998, p.184; E. p.152)

この被害者の「混乱」こそがモラル・ハラスメントの重要な一側面である。別れ際のバラの攻撃によって王子は完全な混乱状態に陥り、深い罪悪感をその精神に刻まれたまま、旅立っていくのである。

3　キツネのセカンド・ハラスメント

バラから逃れるために自分の星を捨ててしまった王子は、さまざまの小惑星を訪れる。しかし、すでに述べたように、この部分はエピソードであって、本筋とはさしたる関係がない。そこで第10〜14章まではここでは論じないで、後回しにして、本書の7章で解説する。

すでに述べたように第15章の地理学者は関係がある。地理学者と王子とは、次のようにやりとりする。王子の星には何があるか、と聞かれて王子は、活火山が二つと、休火山がひとつある、と報告する。それに付け加えて王子は言う。

「花も一輪あります」

「花は記載しない」と地理学者が言った。

「なぜ！　それは一番綺麗なんだよ」

「なぜなら、花ははかないから」

「『はかない』ってなに?」

すぐには「はかない(éphémère)」の意味を教えてくれない地理学者に対して王子は「『はかない』ってなに?」と問い続ける。すると地理学者は言う。

「それは、『近々、消滅するおそれがある』という意味だ」

「ぼくの花は、近々、消滅するおそれがあるの?」

「もちろん」

彼は、「ぼくの花ははかないんだ」とつぶやいた。それなのに、世界から身を守るために、四本の棘しか彼女は持っていない! そしてぼくは、ひとりぼっちの彼女を、ぼくの場所に置き去りにしてきた!

これが彼の後悔の念の始動であった(Ce fut là son premier mouvement de regret.)。

もちろん、地理学者にはそんなつもりはなかったはずだが、この問答で王子の「後悔の念(regret)」の引き金を引いてしまった。星めぐりをしている間は忘れていたバラへの自責の念を王子はこれで思い出し、ここから王子の自殺へとつながる苦難の旅が始まる。

☆　☆　☆

地理学者の勧めで地球に行った王子は、第17章で毒蛇と出会う。毒蛇は一年後に、王子に噛み付くことになる。その蛇との最初の問答でも、王子はバラに言及している。

「ここへ何をしに来たの？」

「ある花と、うまくいかなくて」と王子は答えた。

王子の返事は、《J'ai des difficultés avec une fleur.》というもので、これは「仲が悪い、うまくいかない」という常套句であるが、直訳するなら「私は一本の花との間に困難を持っている」である。

さて、このあと王子は砂漠に生える冴えない花と挨拶したり（第18章）、高い山に登ったり（第19章）して、第20章でバラの咲き乱れる庭にたどり着く。この場面を詳しく見ていこう。

「こんにちは」と彼が言った。

それはバラの花が咲いている庭だった。

「こんにちは」バラが言った。

小さな王子は花を見た。どれもあの花にとてもよく似ていた。

「あなたがたは誰？」驚愕して彼は彼女らに尋ねた。

「私たち、バラです」バラは応えた。

「ああ！」

小さな王子は言った。そして彼は、とても不幸に感じた。あの花は彼に、彼女がその種としては宇宙に唯一だ、と言っていた。ところがここには、たったひとつの庭に、とてもよく似たものが、五千本もあった。


つまり王子は、「私はこの宇宙に唯一のバラですのよ」というようなことを吹きこまれて信じ込んでいたというのに、それが真っ赤なウソであったことが明らかとなったのである。その瞬間に彼は、「とても不幸に感じた（il se sentit très malheureux）」。

これは奇妙な反応である。バラにだまされていた、と知ったのなら、自分が不幸になるのではなく、「だましたな！」と怒りをバラに向けるのが正常な反応である。これもまたモラル・ハラスメント被害者の典型的反応だと考えると納得がいく。

このような被害者の反応についてイルゴイエンヌは次のように述べている。


被害者は自分が攻撃されていることに気づいたときに、ショックを受ける。……被害者は呆然としてどうすることもできず、傷ついている。すべてが崩壊する。思いがけなさと驚愕とにより、その傷の深刻な影響が長期にわたるが、それは彼らが操作されていたためである。

……

驚いたことに、怒りや復讐といった行動に出ることはほとんどない。被害者が虐待者と別れることを決意してさえそうである。怒りは解放をもたらすが、被害者は、自分がされてきたことの不当性を認識しても、それでも、この段階では反逆はできない。（Hirigoyen 1998, p.191-2, E. p.158）

王子はバラの嘘に気づくことで、このようなショック状態に陥った。そしてイルゴイエンヌの言うとおり、バラに対する怒りを感じないで茫然としている。

モラル・ハラスメントの加害者は、被害者を混乱に陥らせてその思考力を奪っている。この事態は、被害者が感じていることなど単なる思い違いだ、と思わせることで成立している。そうすることで、攻撃が攻撃だとわからないようにして傷つけ、支配するのである。

この状態で被害者は、自分自身がどう感じるか、ではなく、自分を支配する虐待者がどう感じるか、を考えて、その「推定された感覚」を自分の感覚としてしまう。こうすれば、虐待者が被害者を攻撃した場合にも、被害者は虐待者の感覚を自分の感覚として受け入れるので、「痛い」とか「悲しい」とか「腹が立つ」とかいった感覚に、悩まされずに済むのである。その代わりに生じるのは自分への罪悪感である。

この状態が成立したあと、虐待者の欺瞞が露呈する事態が生じると、虐待者ではなく、被害者のほうが当惑し、狼狽する。そしてあわてて虐待者の代わりに言い訳し、取り繕うのである。

バラの咲き乱れる庭の場面では、バラが王子に対してついた嘘が露呈した。その瞬間に王子は、バラに成り代わって「不幸（あるいは惨め）malheureux」になっているのである。

王子はさらに、五千本のバラという目撃者のいる庭で、彼女の嘘が実際に露呈した、という場面を想定して次のように独白する。

「彼女はとっても自尊心を傷つけられて怒るだろうな」と彼は独白した。「もし彼女がこれを見たら……途方もなく咳き込んで、笑いものになるのを逃れるために、死ぬフリをするだろうな。そしたらぼくは、彼女を介抱するフリをせざるを得ない。なぜなら、そうでなければ、ぼくを侮蔑するために、彼女は本当に死んでしまうだろうから……」

見たところ実に滑稽であるが、笑いごとではない。「咳」というのは王子の罪悪感を刺激する攻撃のサインであった。ここでは「途方もなく咳き込む（elle tousserait énormément）」というのだから大変である。

アルコール中毒患者の配偶者によく見られることであるが、被害者は「私がいないと、この人は死んでしまう」と思って、殴られても蹴られても、必死に面倒を見続ける、という行動をとる。王子の場合は殴られたり蹴られたりはしないのだが、バラの「咳込み」という奇妙な暴力を受けている。

それから「フリをする（elle ferait semblant）」というのも重要な概念である。虐待者はからっぽの人間であるために、すべての行動は「フリ」となるからである。イルゴイエンヌはこう言う。

> 自己愛者は、自己の存在を欠いた空っぽの貝殻である。「にせもの」であって、自らのからっぽさを隠すために、幻影をつくりだす。存在の幻影をつくりだす鏡のゲームを運命づけられており、その努力をやめれば直ちに死が待っている。万華鏡のようにゲームは繰り返され、拡大するが、その人格はどこまでも「無」の上に構築されている。(Hirigoyen 1998, p.154; E. p.126)

王子のモノローグのなかで展開するバラの「咳き込み・死ぬふり」は、まさにこの空虚なゲームそのものである。そのゲームが止まると、本当に死んでしまうところまで一致している。王子を侮辱するためなら、本当に死んでしまう、と思い込ませているのだから恐ろしい。

このあと王子は、奇妙なモノローグを続けて、最後にはいつものような混乱に陥って泣き始める。

それから彼はこう独白した。

「ぼくは自分が、唯一無二の花に恵まれていると思っていたのに、ぼくは普通のバラを持っていたに過ぎないんだ。そんなものと、膝までしかない三つの火山、しかもそのうちひとつは永久に活動を止めているかもしれない。それではぼくは立派なプリンス（un bien grand prince）ではあり得ないなぁ……」

彼は草の上に伏して泣いた。


これは、王子の劣等感を表現している。すでに述べたように、モラル・ハラスメントの被害者は、こういった劣等感を強く感じるように操作されており、それを埋め合わせるために人に何かをして、認められようとする。この傾向のゆえに王子は、咳き込んで死ぬフリをするバラを目の前にすれば、進んで介抱するフリをしてしまうのである。

☆　☆　☆

キツネが現れるのはこの瞬間である。第21章は他の章と比べて不釣り合いなほどに長く、バラとの出会いと別れとを描いた第8章と第9章とを、あわせたくらいある。それほどに、この物語にとって、キツネと王子との対話は、決定的な重みを持っている。

対話は次のように始まる。


そのとき、キツネが現れた。

「こんにちは」とキツネが言った。

「こんにちは」と小さな王子が礼儀正しく返事して、振り返ったが、何も見えない。

「ここだよ」とその声が言った。「りんごの木の下」

「あなたは誰？」と小さな王子が聞いた。「きみはとってもかわいいね」

「私はキツネ」とキツネが言った。

「ぼくと遊びに来てよ」と王子は提案した。「ぼくはとても悲しいんだ」

「私はきみと遊べないよ」とキツネは言った。「私は飼いならされていない」

「ああ、ごめんね」と王子は言った。しかし考えてから彼は付け加えた。

「『飼いならす』って何を意味するの？」

この「飼いならす（apprivoiser）」という言葉の解釈が、この物語をどう理解するかの鍵となる。

加藤晴久（二〇〇六、一八五頁）によれば、この言葉そのものの意味は、*Le Nouveau Petit Robert, Dictionnaires Le Robert*, 2003に次のように書かれている。

apprivoiser: rendre moins craintif ou moins dangereux (un animal farouche, sauvage), rendre familier, domestique.（人に慣れていない、野生の動物を）人に怯えないように、危険でないようにする。慣れ親しませる、家畜・ペット化する。

この辞書の説明から私が思い浮かべたのは、レヴィ＝ストロースの『野生の思考』という本である。このタイトルはフランス語では *La Pensée sauvage* である。この sauvage という言葉が人間に対して用いられるとき、西欧中心主義による偏見の凝集とでもいうべき「野蛮」という意味となる。

しかし、植物に対して用いられるなら「野生」という意味となる。これはむしろ、厳しい自然環境に適応して生きる逞しさを示唆する言葉である。

レヴィ＝ストロースは、sauvage という言葉を後者の意味で人間の思考に対して用いることで、「文明的」だと自ら思い込んでいる者の思考の脆弱さを明らかにした。「野生の思考」は「野蛮な思考」ではなく、人間が、現代社会においても生き抜くために用いている逞しい思考なのである。

両者の相違を最も明らかに示しているのが、ブリコラージュとエンジニアリングとの対比である。エンジニアリングとは、最初になすべきことを設定し、次にそれを実現するために必要な物事とその組み合わせを明らかにして、足りないところは調達したり、あるいは新たに工夫して発明したりする、という思考方法である。

一方、ブリコラージュとは、自分の手元にあるものを明らかにして、自分が生きていくために解決せねばならない問題と向き合い、手元にあるものをうまく組み合わせたり、あるいは問題そのものを、手元にあるものとの関係で再設定したり、という形でなんとかやりくりする、という考え方である。「手元にあるもの」とは、人間の生来の身体のほかに、さまざまの道具や不用品のみならず、文化的諸概念や人間関係までを含む。

生命にとって本源的なやり方はブリコラージュであって、それはたとえば生命進化に表現されている。人間の両腕はパソコンのキーボードを打つためにエンジニアリング的に開発された部位ではなく、それは元々、四足で歩いていた我々の先祖の二本の前足を使いまわしたものに過ぎない。主として移動するためであったものが、直立二足歩行という奇妙なことをやりはじめたので前足が二本浮いて、それを使いまわして器用な両手として、道具を作って猟をしたり農業をしたりご飯を食べたりしていたものが、その手でコンピューターを生み出してしまったもので、やむを得ず、他に使えるものもないので、腱鞘炎の危険を冒しながら、キーボードを打っているに過ぎない。ブリコラージュは生命の原理である。

このようなレヴィ＝ストロース的な発想からすると、科学的思考やエンジニアリングは、「野生の思考」に対して「家畜化された思考（*La Pensée domestique*）」ということになる。『クラウン仏和辞典』に出ている例文では、《domestiquer l'énergie atomique》が「原子力エネルギーを実用化する」という意味なので、「家畜化された思考」は「実用化された思考」と呼んでもよいのかもしれない。ちなみに、同じ単語の別の用例として、《domestiquer l'opposition》「反対派を服従させる」が挙げられている。

さてapprivoiserとは「野生（sauvage）」を「家畜（domestique）」へと転換させることである。確かに、砂漠に住む野生のキツネ（renard）と飼い犬や飼い猫のように遊ぶのは無理であって、それにはまず飼いならさなければならない。しかし、飼いならすと、野生は失われる。この深刻な問題は、どうやっても乗り越えることができない。

この問題に直面した場合、ブリコラージュ的に考えるなら、「遊ぶ」という言葉を考え直すことになる。つまり、問題を再定義するのである。どうするのかというと、野生の生き物と付き合うには、飼い猫と遊ぶようなことを求めるのをやめて、生き物が暮らしていけるような環境をつくりだして、そこに野生動物が来てくれるかどうかを待つ、というような「遊び」をすればよいのである。

そうやって高次の「遊び」を求めるなら、我々の生活環境のなかにある小川を、コンクリートで固めるようなことはやめて、自然の流れを回復させたほうがよい、ということになる。また、それに合うように、我々の生活のあり方を、考えなおしたほうがよい。そのほうが今よりも楽しくなるのではないか。などなどと、考えるわけである。これが「飼いならす」ことなく、野生動物と「遊ぶ」方法である。

ところが、王子とキツネとの対話は、そういう方向には行かない。レヴィ＝ストロースの本が出版されたのが一九六二年なので、一九四三年に出版された『星の王子さま』がそうならないのは仕方がないのかもしれない。

さて、王子はキツネに「飼いならす」とはどういうことかを執拗に問うが、キツネはなかなか答えないで、違う話をする。三度目に聞いた時に、ようやく説明が与えられる。

「『飼いならす』って何を意味するの？」

「それはあまりにもしばしば無視されてきたものだ。それは『関係をとり結ぶ』ことを意味する……」

「『関係をとり結ぶ？』」

「そのとおり」とキツネは言った。

「私にとってきみは、まだ他の何千何百というほかの少年と同じような、一人の少年に過ぎない。そして私はきみを必要としていない。きみも、私を必要としていない。きみにとって私は、まだ何千何百というほかのキツネと同じような、一匹のキツネに過ぎない。しかし、もしきみが私を飼いならしたなら、我々は互いを必要とするようになる。きみは私にとって、この世界でたった一人の少年になる。私はきみにとって、この世界でたった一匹のキツネになる……」

「わかり始めてきた」と小さな王子は言った。

「一輪の花があってね……ぼくが思うに、彼女はぼくを飼いならした……」

「多分ね」とキツネは言った。「この地球では、どんな種類のことでも起きる」

「ああ、これは地球の話ではない」。小さな王子は言った。

キツネは極めて興味深そうに見えた。「ほかの星の話？」

「そう」と王子は言った。

この対話は決定的に重要である。

「飼いならす（apprivoiser）」という動詞は、明確に方向性を持っている。「飼いならす者／飼いならされる者」という関係は本質的に非対称である。そして王子はキツネに対して、

一輪の花があってね……ぼくが思うに、彼女はぼくを飼いならした……

Il y a une fleur... je crois qu'elle m'a apprivoisé...

と証言している。この場合、飼いならしたのはバラであり、飼いならされたのは王子である。この両者の関係は明らかに非対称である。

ところがキツネは、「飼いならす」というのは、「関係をとり結ぶ（créer des liens）」ことだと説明している。この説明なら、「関係を結ぶ者／関係を結ばれる者」という非対称性は生まれない。関係をとり結ぶのは私とあなたとであり、とり結ばれるのは関係である。

「飼いならす＝関係をとり結ぶ」という考えは、元来は非対称であるものごとを、対称的に見せる、という欺瞞を含んでである。このような非対称性の隠蔽は、モラル・ハラスメントの観点からすると、非常に危険な行為である。

というのも、「加害者／被害者」という非対称性を隠蔽し、「お互いさま」というように見せかけるのが、虐待者の陰謀の中核だからである。イルゴイエンヌは言う。

他人を操作するには、いかなる場合でも、実際にはこちらの隠蔽された活動によって自由を奪われ、振り回されているとしても、自分自身は自由だと、相手に最初の段階で思い込ませねばならない。そうすることで相手を妨害して、そこで起きている過程を認識し得ないようにし、平等な者同士の議論ならぬ、一方的な押し付けを行い、議論や抵抗をも阻止するのである。被害者の自己防衛能力や批判的精神を解除し、かくしてすべての反抗の可能性が排除される。ここに見られるのは、一個人が他人に対して、気づかれることなく、過剰にして悪

辣な影響を振るっている状況である。(Hirigoyen 1998, pp.112-13; E. p.90)

つまり、モラル・ハラスメントの過程では、虐待者は被害者の自由を奪いつつ、しかも自由だと思い込ませるのである。実際には圧倒的な上下関係を形成しつつ、両者は平等だ、お互いさまだ、ということになる。

人間同士がつくりだす関係には、方向性を持った不平等なものと、双方向的な平等なものとがある。この両者の区別は、人間が生きるために決定的に重要であるが、キツネの提示した、

飼いならす＝関係をとり結ぶ

という図式に従えば、両者の区別は無視される。この混同こそが、モラル・ハラスメントを成立させる基盤なのである。

さらに言うなら、「飼いならす apprivoiser」という言葉ほど、モラル・ハラスメントによる支配・被支配関係の成立過程をうまく表現するものはない。この言葉は、ラテン語の privare という動詞に由来するというが、それには、「奪う」という悪い意味と、「〜から自由にする」というよい意味とがある。虐待者は、被害者の自由を奪っておきながら、何にも束縛されずに自由でいる、と思わせるのであるから、まさに apprivoiser はモラル・ハラスメントの状況にぴったりである。

なお、apprivoiser はサン＝テグジュペリの思想の中核を成す言葉であるから、章を改めて、次章で深く議論する。

☆　☆　☆

キツネはしばらくよもやま話をしたあとで、次のように言う。


キツネは黙りこんで小さな王子を長い間見つめた。

「私を飼いならして！」とキツネは言った。

「そうしたいけど」と小さな王子は返事をした。「でもあんまり時間がないんだ。友達を見つけねばならないし、多くを知らねばならない」

「飼いならすもののことしか、知ることにはならないよ」とキツネは言った。「人々は何であれ何かを知る時間がもうない。彼らはでき合いのものを店で買う。しかし友達を買うことのできる店はないから、人々にはもはや友達はいない。もし君が友達を欲しいなら、私を飼いならすことだ！」


こうしてバラに飼いならされた（と正しく自己認識していた）王子は、今度は、キツネの依頼でキツネを飼いならす、という奇妙なことをするはめになる。

☆　☆　☆

そしていよいよ、王子の運命を決定づけるキツネとの別れのときがやってくる。

こうして小さな王子はキツネを飼いならした。そして去るべきときが近づいた。

「ああ！」とキツネは言った。「私は泣くよ」

「きみが悪いんだよ」と小さな王子は言った。「ぼくはきみの不幸を望まなかったのに、きみがぼくに飼いならすように強要したんだよ」

「もちろん、そうだよ」とキツネが言った。

「でも君は泣くんだ！」小さな王子は言った。

「もちろん、そうだよ」キツネは言った。

「なら、きみには何の得るところもないよ」

「得るところはあるさ」とキツネが言った。「小麦の色のおかげでね」

そうしてこう付け加えた。

「バラをもう一度見ておいで。きみのバラが世界で唯一であることがわかるだろう。そしたらさよならを言いにもどってきて。秘密の贈り物をきみにあげるよ」

こう言われて王子は、バラの咲き乱れる庭に行く。そして五千本のバラに、次のような言わずもがなの嫌みを言うのである。

「きみたちは、ぼくのバラと全然似ていない。きみたちはまだ何でもないんだ」と彼は彼女らに告げた。「誰もきみたちを飼いならしていないし、きみたちは誰も飼いならしていない。ぼくのキツネがそうだったのと同じだ。以前は他の何千何百というキツネとまったく同じだった。しかしぼくは、あのキツネを友達にした。今や世界でたった一匹のキツネなんだ」

バラたちは困惑した。

「きみたちはかわいいけれど、からっぽだ」。彼は続けた。「誰もきみたちのために死にはしない。もちろん、普通の通行人には、ぼくのバラがきみたちとまったく同じに思えるだろう。しかし、ぼくのバラは彼女一輪だけで、きみたちすべてを合わあせたよりも、大切なんだ。なぜなら彼女はぼくが水をやった花だから。なぜなら彼女はガラスの覆いを掛けてあげたバラだから。衝立で風よけをしてあげたバラだから。なぜなら彼女は、ぼくが毛虫を殺してあげたバラだから（二、三匹は蝶々になるように残しておいたけど）。なぜなら彼女は、愚痴をこぼしたときに、ぼくが聞いてあげた花だから。彼女が増長したときにも、あるいは時には黙り込んだときにも。なぜなら彼女はぼくのバラだから」

庭に咲き乱れるバラにとっては、まったくいい迷惑である。なぜ何も悪いことをしていないのに、こんな嫌みをまき散らされないといけないのか、とんと理解できなかったに違いない。

モラル・ハラスメントの被害者は、他所で往々にしてこういう悪行を働く。というのも、虐待者に存在を脅かされながら生き延びることは大変なストレスなので、それをどこかで発散したくなってしまうからである。また、被害者は、虐待者がどう考えるか、を基準に行動するのだが、それを他人にまで及ぼしてしまうのである。このケースで王子は、あのバラが恥辱のあまり死にそうになるような状況を作ったことへの、身勝手な復讐をバラになり代わって、五千本のバラに対して行っているわけである。王子は、もしバラがここにいれば、こういうふうに言えば喜んでくれるだろう、と思うことを言っている。

ここで吐露されている王子の「真情」は分析に値する。まず「誰もきみたちを飼いならしていないし、きみたちは誰も飼いならしていない」と言っているのが注目に値する。これはすでに述べた

「飼いならす」＝一方向的
「関係をつくる」＝双方向的

という問題に関係するからである。ここで言っていることは、

「誰もきみを飼いならしていないし、きみは誰も飼いならしていない。それゆえ、きみには友達はいない」

これはつまり言い換えると、

「もし、きみに友達がいるならば、誰かがきみを飼いならすか、それとも、きみが誰かを飼いならしたか、少なくともそのどちらかが起きている」

ということを含意する。つまり王子は、誰かに飼いならされるか、それとも誰かを飼いならせば、それはどちらでも友達ということになる、と主張しているのである。しかも、「飼いならす」「飼いならされる」以外の形での友達関係の成立の可能性を排除していることになる。この点についても次章で詳論する。

後段では、puisque という理由を示す接続詞が繰り返し用いられている。ここに加藤晴久(二〇〇六、一九九頁)は、次のような註釈を施している。

ここから puisque 節が6回繰り返されていることに注意。incantation（呪文）を唱えるように自分自身に語りかけ祈っている感じ。

「自分自身に語りかけて祈る」と加藤は言うが、それは一体、どういう状況なのであろうか。祈るという言葉は、神だとか仏だと天とかに語りかけて祈るのが普通であって、自分に祈るというのは奇妙である。

一方、呪文を自分に掛けることはできる。たとえば魔物の攻撃から自分を守る呪文を自分に掛けるのは十分に有り得る。しかし、この本のテーマは呪術ではない。そうするとここは、「自分に言い聞かせている」と解釈するのが妥当ではないだろうか。

そしてここで繰り返されている、あのバラが王子にとって世界で唯一の存在である理由はすべて、彼が彼女のために骨折りをしたことである。

水をやった。
ガラスの覆いを掛けてあげた。
衝立で風よけをしてあげた。
毛虫を殺してあげた。
愚痴をこぼしたときに、聞いてあげた。

増長したときにも、あるいは時には黙り込んだときにも。

最後は、愚痴をいったり（se plaindre）、増長して自慢話のホラを吹いたり（se vanter）といった場合のみならず、めったにないことだが、黙り込んでしまったとき（se taire）にも、大人しく耳を傾けた、というのは、涙なしには語れない苦労である。

バラのおしゃべりは壮絶であったようで、第19章で、地球の山のてっぺんから「こんにちは」「誰ですか」「ぼくは独りぼっちです」と叫ぶと、こだまがあとから、

「こんにちは……こんにちは……こんにちは……」
「誰ですか……誰ですか……誰ですか……」
「ぼくは独りぼっちです……ぼくは独りぼっちです……ぼくは独りぼっちです……」

と返事をするのを聞いて、

「ぼくのところには一輪のバラがあった。彼女はいつも、最初に話した（elle parlait toujours la première...）」

と述懐している。バラが喋りまくって、あとから相槌を打つのが王子の役割だった、ということである。

さて、この長い独白は、

「なぜなら彼女はぼくのバラだから」

Puisque c'est ma rose.

と締めくくられる。

しかしこれはおかしい。なぜなら王子は、「彼女はぼくを飼いならした」とキツネに証言していたのであるから、正確に言うなら、「ぼくがバラのものだから」ということになるはずである。ぼくがバラの支配を受けているので、ぼくはバラの望むことをなんでもしないといけないのであるから。

推測するに、楽しく咲き乱れている五千本のバラに、正面切って嫌みを言う、などという緊張することをさせられたので、王子はさらに混乱に陥ったのだと思われる。キツネがこんな罰ゲームのようなことを王子に強要したのは、尋常なことではない。

☆
☆
☆

罰ゲームを完遂してさらに混乱に陥った王子は、ふらふらとキツネのところに戻ってくる。

「さようなら」と彼は言った。

「さようなら」。キツネは言った。「さぁ、私の秘密をどうぞ。それはとても単純なこと。『心で見たときにのみ、ものごとはよく見える。本質的なものは何であれ、目には見えない』」

「本質的なものは何であれ、目には見えない」。小さな王子は、忘れないように繰り返した。

「きみのバラのためにきみが無駄にした時間のゆえに、きみのバラはそんなにも大切なんだ」

「ぼくのバラにぼくが無駄にした時間のゆえに……」。小さな王子は、忘れないように繰り返した。

「人々はこの真理を忘れてしまった」とキツネは言った。「しかしきみは忘れてはいけない。きみが飼いならしたものに対しては、きみは永遠に責任を負うことになる。きみは、きみのバラに責任がある……」

「ぼくは、ぼくのバラに責任がある……」。小さな王子は、忘れないように繰り返した。

ここには恐るべき罠がいくつも仕掛けられている。まず、『星の王子さま』ファンの誰もが愛好する次の警句である。

「心で見たときにのみ、ものごとはよく見える。本質的なものは何であれ、目には見えない」

on ne voit bien qu'avec le cœur. L'essentiel est invisible pour les yeux.

この言葉に人々は一様に感動するようである。たとえば水本弘文（二〇〇二、一二六頁）には次のように書かれている。

パリ七区、地下鉄八号線ラ・トゥール・モブール駅の階段を上がると、すぐ目の前にサンチャゴ・デュ・シリ小公園があります。ここにサン＝テグジュペリの胸像が置かれていて、台座に刻まれているのはキツネの言葉、「心で見なくちゃ、ものごとはよく見えない」です。

胸像の台座に刻むくらいであるから、フランス人もやはりこの言葉が好きなようである。アメリカでも事情は同じで、*A Guide for Grown-ups: Essential Wisdom fromthe Collected Works of Antoine de Saint-Exupéry* (Anna Marlis Burgard ed., Horcourt, Inc, 2002) というサン＝テグジュペリの名言集で

は、冒頭にこの言葉が掲げられており、

六〇年にわたって読者は、この言葉を、またそれ以外の言葉も、一三〇以上の言語で、彼の著作集から引用してきた。(vii)

と言っている。世界中どこでも、この言葉は、愛されているようである。

しかし、これまで述べてきたハラスメントの観点からすればこれは、真理でもなんでもない、少なくともこの文脈では危険な言葉であるように私には見える。この文章は、

「目に見えるものがあるとすれば、それは本質的ではない」


ということを含意しているが、これは明らかに間違っている。世の中には、目に見えることで本質的なことはたくさんある。

たとえば暴力だ。暴力の行使ははっきり目に見えており、眼前に展開される破壊こそが、暴力の本質である。たとえばある女性が、配偶者からひどい暴力を受けている、としよう。その夫は日常的に彼女を侮辱する不愉快な言動を繰り返し、少しでも彼女がへまをすると激しく罵ったり、嘲ったりする。そして彼女がそこから逃れようとする素振りを少しでも見せると、激昂して

殴る蹴るの暴行を加えるのである。

目の周りに痣を作って呆然としているその女性が、怯えて泣きながら必死の思いで警察に相談に来たときに、

「目に見えるものがあるとすれば、それは本質的ではない」


という説教を警官が垂れたとすれば、それは何を意味しているだろうか。それは、あなたが受けている目に見える暴力は本質的なことではなく、その暴力の背後にある「本質」である夫の「本当の隠れた愛情」とやらを「心」で受け止めなさい、というような、最悪のお説教になる。

このような対応は、それ自体が極めて悪質なハラスメントであることは、明らかであろう。彼女はショックを受けて、「やっぱり、自分が悪かったんだ」と罪悪感を募らせて夫の元に帰り、より厳しい暴力を受けることになる。王子に対するキツネの言葉は同じ効果がある。

次に、キツネが垂れた、

「きみのバラのためにきみが無駄にした時間のゆえに、きみのバラはそんなにも大切なんだ」

C'est le temps que tu as perdu pour ta rose qui fait ta rose si importante.

という教えも、危険である。最初に確認しておきたいことは、《perdre du temps》という熟語についての加藤晴久（二〇〇六、二〇一頁）の註釈である。

perdre du temps「時間を失う、無駄にする」。時間を「使う」と言うのなら、passer, employer, consacrer などがある。作者がこれらの動詞ではなく、わざわざ perdre を使っているのは、文字どおり「時間を失う、無駄にする」と言っているのである。バラが大切なものになったのは、王子がバラのために（何の目的のためとか、損とか得とかを考えずに、ひたすら相手のために）時間を「失った」「無駄にした」「浪費した」からだ、ということになる。

まぎれもなくサン＝テグジュペリは、

「バラのために王子が時間を無駄にすればするほど、バラは王子にとってより大切になるのだ」

とキツネに言わせている。

この命題についても、先ほどの夫に殴られている女性のケースを考えてみればよい。怯えて泣きながら相談に来た彼女に、

「あなたが夫のために時間を無駄にすればするほど、夫はあなたにとってより大切になるのだ」

と言えば、どうなるだろうか。究極の時間の浪費は、殴られることであろう。それゆえこれは、

「あなたが夫に殴られれば殴られるほど、夫はあなたにとってより大切になるのだ」

と言っているのと変わりはない。これほど無茶苦茶なアドバイスがほかにあろうか。そして挙句の果てにキツネは最後の言葉で王子にとどめを刺す。

きみが飼いならしたものに対しては、きみは永遠に責任を負うことになる。きみは、きみのバラに責任がある……

Tu deviens responsable pour toujours de ce que tu as apprivoisé. Tu es responsable de ta rose…

最初の文章はやや厳しいが、たとえば犬や猫を飼いならしておいて、放り出したらそれは無責任であるから、その限りでは間違ってはいない。しかし、王子はキツネに、

「一輪の花があってね……ぼくが思うに、彼女はぼくを飼いならした……」

と正しく言ったのである。それゆえ、責任があるとすれば、王子ではなく、飼いならしたバラのほうである。ところがキツネは、それをひっくり返して、

　きみは、きみのバラに責任がある。

と言った。キツネは「飼いならす」という方向性のある概念を「関係をつくる」という方向性のない概念にすり替える、という操作を行った。そして最終段階で、バラ園に行くという罰ゲームを通じて王子にバラへの自責の念を募らせておいて、挙句の果てに「王子がバラを飼いならした」という逆方向の関係を捏造し、「王子はバラに永久に責任がある」という恐ろしい宣告をしたのである。

　これもまた、先ほどの女性のケースで考えてみれば、どれほど恐ろしいことかわかるであろう。暴力を振るってその精神を支配し、彼女を苦しめているのは夫である。ところがその妻のほうに、

　実はあなたが夫に殴らせているのだ。そう仕向けてしまったあなたには、夫に対して永久

に責任がある。

と言ったらどうなるだろうか。彼女の罪悪感と自責の念はピークに達し、永久に、殴られて死ぬまで、夫の元を離れなくなるだろう。

☆　☆　☆

キツネは一体、何をやっているのだろうか。

ひとつのありうる解釈は、キツネは悪質な「担当者」あるいは「専門家」だ、ということである。「ドメスティック・バイオレンス」、「セクシャル・ハラスメント」、「パワー・ハラスメント」と呼ばれるような被害にあっている人が、自分はひどい目にあっているのではないか、とようやく思い至り、勇気を振り絞って、警官・役人・医者・弁護士・相談員・カウンセラーなどの、人を助ける仕事をしている公的な立場の者に相談に行くと、そこで更なるハラスメントに遭う、ということは、よく起きることである。

これは、「セカンド・ハラスメント」や、「ハラスメントの二次被害」と呼ばれている現象である。最近では、大学や企業のハラスメント被害の相談窓口で、担当者が「言ってはいけない言葉」というのがマニュアル化されているが、それには以下のようなものが列挙されている（神戸学院大学のホームページに出ているものを引用した。http://www.kobegakuin.ac.jp/~harasou/guideline/)。

ハラスメントの二次被害を与えうる言動

直接的なハラスメントの被害から派生した周囲の人の対応によって、被害者が二次的に心の傷を受けることを、ハラスメントの二次被害といいます。ハラスメントの二次被害にあたる言動により、被害者はさらに心の傷を深めることになります。また、被害者はますます自分を責め、相談や申立て等がしづらくなってしまい、問題解決・防止が困難になります。さらには、加害者の態度を許容していくことになり、ハラスメント自体を許容する雰囲気をつくってしまいます。

したがって、ハラスメントの被害を見聞きしたり、相談を受けた場合に二次被害を与えうる言動を行ってはなりません。もし二次被害を与えうる言動を行った場合には、その者に対して厳しい態度で臨みます。

ここで言う「二次被害を与えうる言動」とは、「被害者に落ち度があったと責める」、「被害を矮小化する」、「加害者を擁護する」、「相談、問題化することを非難する」などの内容の言動を含みます。具体例については、別紙に示します。

その【別紙】には以下のように書かれている。

4　二次被害を与えうる言動の例

(1)被害の原因を被害者に落ち度があるとしたり、被害者の性格に帰して責めること

- 「あなたにもスキがあった」「あなたから誘ったのでは」などの発言
- 「あなたは神経質すぎる」「あなたは生真面目すぎる」などの発言

(2)被害の重みを被害者以外が判断し、矮小化すること

- 「これくらい当たり前」「これくらい大したことない」などの発言
- 「あなたよりひどい人もいる」「もう忘れてしまったら」などの発言

(3)加害者を一方的に擁護すること

- 「あの人がそんなことをするとは思えない」、「男なんてそんなもんだよ」、「教育熱心なだけだよ」などの発言

(4)被害者についての噂を流布したり、誹謗中傷をすること

- 「個人的な恋愛感情のもつれらしい」などと憶測のうわさを流し、被害者を孤立させること
- 加害者とされた者の「被害者は、うそつきだ」、「自分をはめようとしている」などの

発言

(5)相談、問題化することを非難すること

•「皆我慢しているのだから、我慢したほうがいいよ」、「なぜ今頃になって言い出すの」などの発言

(6)相談、問題化することについて被害者を脅迫・威圧したり、報復行為をすること

•加害者とされた者が「セクハラをされたと誰かに口外したら将来はないよ」と被害者に対して言うこと

•相談、問題化したことを理由として、さらなる就学、就労上の不利益を与えること

この「セカンド・ハラスメント」という問題は、極めて深刻なことでありながら、体系的に研究されておらず、どのような被害が具体的に起きているのかは、プライバシーの問題もあって、公表されることが少ない。また、この現象がなぜ生じるのか、についての構造的研究はまったくと言ってよいほど行われておらず、その本質はまったく明らかになっていない。

それどころか、被害を受けて精神が傷ついて苦しんでいる人を見つけては、経常的に搾取するような、極めて悪質な「専門家」に取り込まれて、さらに徹底した搾取を受けるケースが珍しくない。アリス・ミラー（Alice Miller 1923-2010）の『子ども時代の扉をひらく――七つの物語』（山下公子訳、新曜社、二〇〇〇年）の第5章「ヘルガ――涙の商品価値」には、複雑かつ深刻に傷つ

いた女性が、カウンセリングを受けに行って、そこの所長に経済的のみならず、性的にも搾取される物語が書かれている。このなかでヘルガの友人のブリジッドが次のように述懐している。

「あなたもわかっている通り、他人のいうなりになってしまっている人の脳というのは、自分の害になることを、自分のためになるのだと思い込んでしまって、そのために落ち込んだ罠から抜け出せなくなってしまうこともあるのよ。もちろん、あなたのように、それでも罠から身を引き剥がすことのできる人もいるけれど。でもそれはつまり同時に、療法家の中には、巧妙に事実をゴマ化して、そのために患者が理性を失っても平気な人がいるということでもあるのよね。患者の気が変になってしまうことは、そういう勘定高い、ひどい療法家にとっては別になんの危険でもなく、むしろ安心なことなんだわ。だって裁判所でも、精神病患者の証言なんて、誰も信用しないに決まっているもの」(pp.109-110)

こういう事例は実のところ、例外でもなんでもないのである。それゆえ、キツネが悪質な「担当者」あるいは「専門家」である、という考えには一定の説得力がある。

しかしこの説明には大きな欠点もある。なぜなら、キツネは王子を搾取しているわけではないからである。キツネがやったことは、王子に自分を飼いならさせて、しばらく一緒に遊んだだけである。つまるところ、あくまで善意でやっているのである。

そうすると、ありうる二番目の説明は、キツネは「虐待者に加担してしまう周囲の人」ではないか、ということである。こういう人々についてイルゴイエンヌは、次のように述べている。

罪悪感はしばしば家族によって強められる。なぜなら彼らもまた混乱しており、余計なことを言わずに被害者を支援することは、滅多にないからである。それればかりか、野蛮（sauvages）な説教や講釈をすることになる。「こんなふうにしないで、あんなふうにしたらどうだ……火に油を注いでいると思わないのかね？　もしそうだとすると、それはお前が間違ったやり方をしているからだ……」（Hirigoyen 1998, pp.186-7; E. p.154）

また、別の箇所では次のように述べている。

このように、（被害者にとって――安冨）支援を受けることが重要である。ときには、たった一人の信頼の表現のおかげで、それがどんな文脈であれ、被害者が自信を回復することがある。しかしながら、友人や家族や、あるいは仲介者になろうとする者すべての助言には、用心すべきである。なぜなら、直接の関係者は、中立たりえないからである。彼ら自身が方向を見失い、いずれかの側に引き寄せられるものだ。家族による邪悪な攻撃が起きると、誰が頼りになる友人かを、たちどころに見極めることが可能となる。或る人は、親しげな様子であったというのに、簡単に操られ、こちらを信じようとせず、お説教を垂れる。また或る人は、状況を理解せず、逃げ腰になる。唯一、変わらず頼りになるのは、自己充足しており、そこにいて、開かれており、評価をしない人である。そういう人は、何があっても、自分自身のままでいることができる。(Hirigoyen 1998, p.206; E. p.170)

モラル・ハラスメント被害者が、誰かに助けを求めて自分の状況を訴えると、その周囲の人間関係に激震が走る。なごやかに付き合っていたはずの人々が、真っ二つに分かれるのである。その一方は、日和見主義的な連中であり、彼らは、事態の厄介さを知ると、巻き込まれるのを嫌がって関与しなくなるか、あるいは、悪いのは被害者の方だ、と言い出して、事態に蓋をしようとする。恐ろしいことに、被害者の親兄弟や親戚、親しい友人など、直接関係者は往々にしてこちら側に回る。

一方で、イルゴイエンヌの描くような自己充足した「君子」が現れ、さほど付き合いが深いわけでもなく、場合によっては行きずりのような関係であるというのに、しっかりと支えてくれることがある。こういった手助けがなければ、ハラスメント被害者が状況から抜け出すことは難しい。その上、被害者が、そういう人に頼る勇気を持つことができず、虐待者の支配から抜け出す罪悪感に負けてしまうケースが多い。それゆえ、勇気を持って第一歩を踏み出して、自分が被害を受けていることを認識した被害者は、往々にして周囲の人々から袋だたきに遭って、さらに傷つくことになる。

これは虐待者が、被害者のみならず、周辺の人々にも悪影響を与えている場合が多く、それゆえ他の人も軽微とはいえ、被害を受けており、被害者と同じ罠に落ちていることで生じる。というのも、しばしば被害者が生まれ育った家庭環境や、自ら形成した社会関係に、モラル・ハラスメント的な要素に対して寛容な文化が形成されているからである。そうなると、被害者の周辺では、虐待者がやっているような悪行は、「程度問題」ということになってしまい、人々にはその邪悪さが見えなくなっている。

イルゴイエンヌはこの問題をさほど深く取り扱っていないが、実のところモラル・ハラスメントを成立させる上で、周囲の人々の振る舞いは決定的な役割を果たす。周囲の人々が暗黙のうちに虐待者に加担することで、被害者は、虐待者の「回し者」に取り囲まれることになり、逃げ場がなくなる。これが「孤立」という条件を成立させるのである。モラル・ハラスメントはその成立段階から、周囲の人の見えない裏切りと、密接に関係している。

とはいえこの説明にも問題がある。小惑星から遠く離れた地球の砂漠にいるキツネが、バラの回し者のようなことをなぜするのか、という問題である。如何にバラが巧妙な虐待者であったとしても、これほど遠くまで手を伸ばすのはいくらなんでも無理である。

では、一体、キツネは何者で、なんのためにこんなことをしているのであろうか。

ありうる第三の説明は、キツネもまた、王子と同様に、誰かのモラル・ハラスメントの罠に引っかかっている、ということである。虐待者に支配され、それを受け入れてしまっている人物は、それが長期にわたると、もはやそれ以外の生活を想像できなくなる。そして、その状態を正当化し、「夫婦というのはそういうものだ」とか、「人生ってそんなもんだ」とかいった「人生哲学」を生み出すのである。そして、その屁理屈を自分に言い聞かせて日々の苦痛に耐えるため、他人に説教を垂れたがる。

虐待者から逃れながら、罪悪感に苛まれて惑っている被害者が、こういう人物と出食わすと大変である。こういう人物は、常日頃から、下らない説教を垂れ流すので、周辺の人はウンザリしてもはや聞いてくれなくなっており、大変な欲求不満になっている。そのために、お説教を聞いてくれる獲物を探し求めており、話を聞いてくれる人がいれば、千里の道を遠しとせずにやってきて、懇切丁寧に延々と「人生哲学」の説教を垂れる。その説教は、まさしく逃亡中の被害者の急所を突く。かくして被害者の罪悪感は爆発的に増大し、耐えられない水準となってしまう。キツネは、こういうお節介な人物なのではないか、と私は考える。

つまり、セカンド・ハラスメントを行う人には少なくとも三種類ある。

(1)悪質な「担当者」あるいは「専門家」
(2)同じ虐待者に脅かされて混乱している周辺の人物
(3)同じような虐待者によるハラスメント被害を受けており、それを受け入れているお節介な

人

これらはいずれも、同様に危険な人物である。

実のところ、我々の社会にはモラル・ハラスメントが蔓延しており、そのような邪悪な要素によって形成されている歪んだ人間関係が随所に見られる。しかも、モラル・ハラスメントは、どこでも似たような構造を持っており、同じような過程で作動している。それゆえ、どこに行ってもこういった危険人物からセカンド・ハラスメントを受ける可能性が常にある。いや、そればかりか、こういった「人生哲学」を垂れ流すテレビドラマや危険人物による「人生相談」などがメディアにあふれ返ってさえいる。この意味で我々の社会は、大変危険な社会なのである。

すでに引用したように、イルゴイエンヌは、

> この間接的形態の暴力に直面すると、我々の社会は盲目となる。我々は、寛容の装いのもとに、ものわかりがよくなってしまうのである。(Hirigoyen 1998, p.7; E. p.3)

と指摘しているが、この奇妙な寛容さの根源は、モラル・ハラスメントが我々の社会に蔓延していることにある、と私は考える。この「寛容」による見逃しは、それ自体がセカンド・ハラスメントの一部である。

砂漠のキツネの言動は、こういった社会状況を反映し、象徴すると考えれば、合理的に理解することができる。そしてまた、キツネの垂れ流す説教が、人々にもてはやされる理由も明らかになる。多くの読者はこの説教を胸に、自分の掛かっているモラル・ハラスメントに耐えているのである。

4 「飼いならす」とは何か

さて、前章で見たように、「飼いならす apprivoiser」はこの物語のキーワードである。この言葉を前章のように解釈することには大きな反発が予想される。というのも、多くの人がこの言葉こそが、サン゠テグジュペリの思想の核心であり、『星の王子さま』という作品のすばらしさの源泉だと理解しているからである。

しかし、実のところ、私もこの意見に賛成なのである。私もまたこの言葉が、サン゠テグジュペリの思想の核心であり、また彼自身は、私のようには理解して〈いなかった〉と考えている。そうすると、サン゠テグジュペリが意図していない以上、私の解釈は勝手読みに過ぎない、と思われるかもしれない。しかし私はそうは思わない。『星の王子さま』という作品は、彼の意図を超えたところで、ハラスメントの真相を描く物語として、完璧にできている、というのが私の主張だからである。別の言葉で言えばこの傑作は、サン゠テグジュペリの無意識の部分を含めた魂の作動が、彼の意図を越えて創りあげてしまったものなのである。

このように、作者の意図を越えた水準の作動があってはじめて、作品というものは「傑作」になるのであり、そういうことのできる（あるいは、意に反してそういうことをしてしまう）芸術家こそが「天才」なのだと私は理解している。作者の「意図」が意図通りに表現されたような作品は、受け取り手にも底が見えてしまって、「駄作」となる。そういうことしかできない芸術家は「凡庸」である。

また、たとえ天才であっても、そういうことがいつもできるわけではない。サン＝テグジュペリにしても、他の作品は、『星の王子さま』ほどの傑作だとは私には思えない。著者の意図が見えるからである。

本章ではこのような観点から、「飼いならす」という言葉について深く追究すると共に、この言葉に対する人々の解釈を整理し、それがどのように「正しく」、かつ「間違っている」かについての、私の考えを明らかにしていきたい。そのことを通じて、『星の王子さま』という傑作の本質に迫っていくつもりである。

☆　☆　☆

『星の王子さま』の最初の翻訳者であり、このタイトルを与えた内藤濯がapprivoiserについてどう考えていたかを見てみよう。彼は『星の王子とわたし』(丸善、二〇〇六年。初版は文藝春秋、一九六八年)のなかで次のように述べている。

〝飼いならす〟、これこそは、キツネが事の秘を解こうとして、王子にむかってよびかけた言葉である。飼いならすことのみが、生活を浮き彫りにし、生活に方向づけする行動である。(内藤 二〇〇六、一〇二頁)

飼いならすとは、相互依存のきずなをつくり出すことでもある。……花が王子を必要としているなら、王子もまた、花を必要としているからだ。王子と花とはそうして、たがいに飼いならされたのである(内藤 二〇〇六、一〇二-一〇三頁)。

ここで注目すべきは、「たがいに飼いならされた」という言葉である。これはまぎれもない「勝手読み」である。そんなことは『星の王子さま』のどこにも書かれていない。確かに、キツネは「飼いならす=きずなをつくりだす」と言った。しかし「飼いならす=たがいに飼いならす」とはどこにも書かれていない。

この点を詳細に検討してみよう。この物語で apprivoiser が用いられているのは、以下の一七か所である。そのうち最後の一文が第25章である以外は、すべてキツネと王子との対話が描かれる

第21章である。

(1) Je ne puis pas jouer avec toi, dit le renard. Je ne suis pas apprivoisé.

「私はきみと遊べないよ」とキツネは言った。「私は飼いならされていない」

(2) Qu'est-ce que signifie "apprivoiser" ?

「『飼いならす』って何を意味するの?」

(3) Je cherche les hommes, dit le petit prince. Qu'est-ce que signifie "apprivoiser" ?

「ぼくは人間を探している」と小さな王子は言った。「『飼いならす』って何を意味するの?」

(4) Non, dit le petit prince. Je cherche des amis. Qu'est-ce que signifie "apprivoiser" ?

「いいや」と小さな王子は言った。「ぼくは友だちを探している。『飼いならす』って何を意味するの?」

(5) Mais, si tu m'apprivoises, nous aurons besoin l'un de l'autre.

しかし、もしきみが私を飼いならしたら、私たちは互いを必要とするようになるだろう。

(6) Je commence à comprendre, dit le petit prince. Il y a une fleur... je crois qu'elle m'a apprivoisé...

「わかり始めてきた」と小さな王子は言った。「一輪の花があってね……ぼくが思うに、彼女はぼくを飼いならした……」

(7) Mais, si tu m'apprivoises, ma vie sera comme ensoleillée.
しかし、もしきみが私を飼いならしたら、私の生活は太陽に照らされたようになるだろう。

(8) Alors ce sera merveilleux quand tu m'auras apprivoisé !
そして、きみが私を飼いならしたなら、どんなにすばらしいか。

(9) S'il te plaît... apprivoise-moi ! dit-il.
「私を飼いならしてくれよ」とキツネは言った。

(10) On ne connaît que les choses que l'on apprivoise, dit le renard.
「飼いならすもののことしか、知ることにはならないよ」とキツネは言った。

(11) Si tu veux un ami, apprivoise-moi !
「もし君が友達を欲しいなら、私を飼いならすことだ！」

(12) Ainsi le petit prince apprivoisa le renard.
かくして小さな王子は、キツネを飼いならした。

(13) C'est ta faute, dit le petit prince, je ne te souhaitais point de mal, mais tu as voulu que je t'apprivoise...
「きみのせいだよ」と王子は言った。「ぼくはきみの不幸を望まなかったのに、きみがぼくに飼いならすように要求したんだ」

(14)
(15) Personne ne vous a apprivoisées et vous n'avez apprivoisé personne.
「誰もきみたちを飼いならしていないし、きみたちは誰も飼いならしていない」

(16) Tu deviens responsable pour toujours de ce que tu as apprivoisé.
きみが飼いならしたものに対して、きみは永遠に責任を負うことになる。

(17) On risque de pleurer un peu si l'on s'est laissé apprivoiser... (XXV)
飼いならされてしまったら、少し泣いてしまうおそれがある。

いかかであろうか。どこかに「飼いならす＝飼いならされる」あるいは「たがいに飼いならす」というようなことが書いてあっただろうか。特に、このなかで(5)の「もしきみが私を飼いならしたら、私たちは互いを必要とするようになるだろう」という文に注目すべきである。これと内藤の

「花が王子を必要としているなら、王子もまた、花を必要としているからだ。王子と花とはそうして、たがいに飼いならされたのである」

とを比較すれば、その違いは明らかであろう。
(5)の文は、

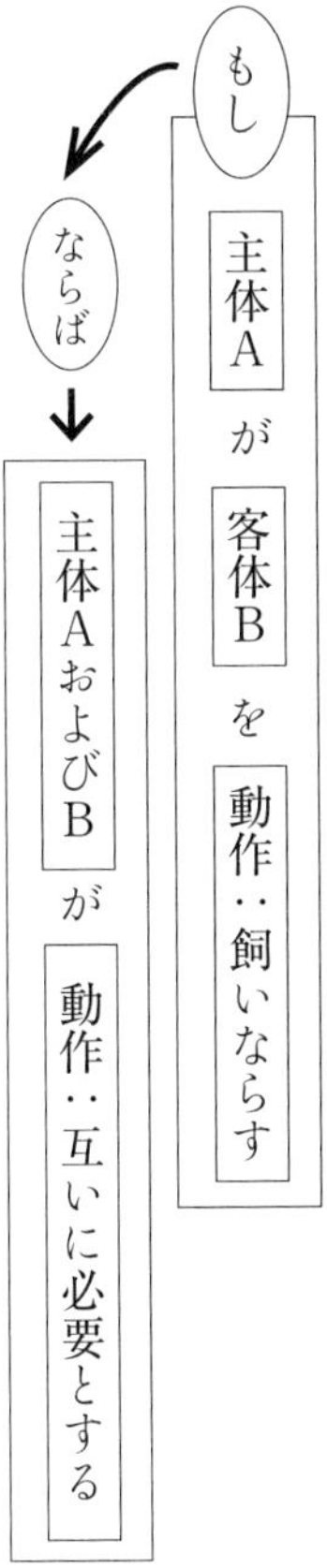

となっており、実に明確である。これは『星の王子さま』の本文であるから、解釈はこれに矛盾してはならない。ところが、内藤の解釈は、もっと複雑になっている。

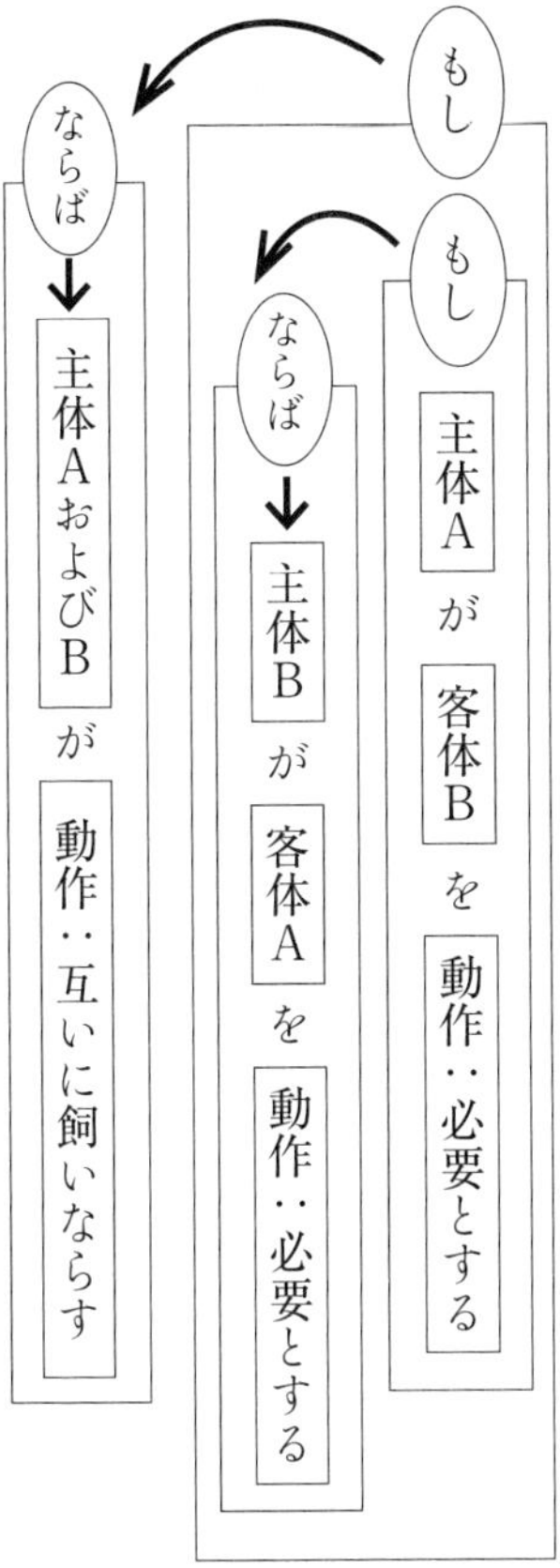

この解釈は明らかにおかしい。まず、たとえ「AがBを必要としている」としても、「BがAを

必要としている」ことにはならないので、最初の「ならば⇩」は成り立たない。
あえてこれが成り立つと仮定すれば、上の式は、

もし　主体AおよびB　が　動作：互いに必要とする

ならば　↓

主体AおよびB　が　動作：互いに飼いならす

と書き換えられる。元の(5)の文が主張しているのは、

「飼いならす」⇩「必要とする」

ということであるのに、内藤はそれを勝手に、

「必要とする」⇩「飼いならす」

にすり替えている。飼いならせば、互いに必要になるからといって、互いに必要としているな

ら、たがいに飼いならしたはずだ、ということにはならないのである。内藤の文は二重に詭弁が使われている。

さて、(5)の文は明確に、一方が他方を飼いならせば、双方が互いを必要とするようになる、と言っている。つまり、「飼いならす」という行為はあくまで一方向であり、その結果として「関係をとり結ぶ」という双方向の事態が生じる、と主張しているのである。

前章で、⒁⒂の文章に基づいて、

「飼いならす」＝一方向的
「関係をとり結ぶ」＝双方向的

という対比を確認したが、(5)によってさらに、

「飼いならす」＝一方向的
⇩
「関係をとり結ぶ」＝双方向的

という推移の想定されていることがわかる。

サン＝テグジュペリは、どちらか一方が、「飼いならす」という方向性のある行為をすれば、その結果として、「関係をとり結ぶ」という双方向の状態ができる、と主張していたのである。これを明確に示しているのが、以下の文章である。

サン＝テグジュペリは、一九三八年一〇月三日に『パリ・ソワール』紙に、

《Dans la nuit, les voix ennemies d'une tranchée à l'autre s'appellent et se répondent.》

「夜、塹壕から塹壕へと、敵対する者が互いに叫び合い、答え合う」

という記事を発表した。そのなかでサン＝テグジュペリは、

Cependant ils gârdent le doigt sur la gâchete, et je revois ces petits fauves que nous tentions d'apprivoiser dans le désert.

しかしながら、彼らは指を引金に掛けたままであり、私はその小さな野獣たちに再会し、砂漠の只中で、我々は彼らを飼いならそうとしている。

と書いている。

これは、スペイン内戦の際にサン＝テグジュペリ自身の登場する一場面を描いたもので、夜に

谷の向こう側にいる敵の塹壕に向かって呼びかけ、撃ち合うのをやめて叫び合って対話する、という状況を描いている。この文章で「飼いならす」というのは、撃ってくる敵に向かって呼びかけて、対話に持っていこうとする行為を意味する。

ポール・ウェブスターの『星の王子さまを探して』（長島良三訳、角川文庫、一九九六年［Paul Webster, Saint-Exupéry, Félin, 1993］）は、『人間の土地』の英語版に収録されているこの文章について、「これは実話ではなくて、人間はみな心のなかに同胞愛を秘めている、という彼の持論を強調するための寓話だった」と主張している。この記事のこの箇所について、加藤宏幸「サン＝テグジュペリの『人生に意味を』の内容と解説（Ⅱ）」（岩手大学人文社会科学部『Artes liberals』第三九号、一九八六年、八七－一〇五頁）は次のように説明している。(http://ir.iwate-u.ac.jp/dspace/bitstream/10140/2369/1/al-no39p087-105.pdf)

「夜、塹壕から塹壕へと、敵対する者が互いに叫び合い、答え合う」――パトロール隊が編成され、野原を横切って進んで行く。その隊は、対立する二つの陣営を分ける狭い谷の底まで降りて行くことが使命だった。サン・テグジュペリは同行した。両軍の砲火を浴びて、前線の村から農民たちは撤退してしまっていた。同行していた政治委員が言った。「最前線に出たら、谷の反対斜面にいる敵に質問してみよう……。時々敵が話しかけてくるんだ……」

完全な沈黙。銃声一つ聞こえない。やっとたどり着いた。そこにいた歩哨が言った。「ここです。時々彼らが答えてくれます……。時には、彼らの方から呼びかけてくることもあります。……答えないときもあります」。サン・テグジュペリがたばこに火をつけるやいなや、五、六発の弾丸が飛んで来た。兵士は立ち上って、手でメガホンをつくり、力を込めて叫んだ。「アン……ト……ニ……オー！」。叫び声は谷間に反響した。「眠っているのか……」

「眠っているのか……と、向こう岸のこだまが繰り返す……。眠っているのか……と、谷が繰り返す。眠っているのかと夜全体が繰り返す。それがあらゆるものを満たす。そしてわれわれは、異常な信頼をもって立ったままでいる。彼らは発砲しなかった！あちらで彼らは、この人間の声に耳を傾け、声を聞き、受け取っているんだと私は思う」

今度は別の男が叫んだ。「おれはレオンだ……」。アントニオー！……」。5秒が経過した。「おおい！」。速い声がこちら岸に届いた。入り込めなかった闇に突然明かりがともされた。サン・テグジュペリには、目に見えない裂け目が開いたように思えた。こだまが返って来た。「……時間……眠る時間」。「黙れ……」。寝ろ……」。眠る時間だ」。この連絡に皆興奮していた。

「今われわれは、闇の中で、未知らぬ者に向かってタラップを投げた。今それが、二つの岸を互いに結び付けたのである。今われわれは、敵に殺される前に、敵と結び付いたのである」

兵士が叫んだ。「アントニオ！　どんな理想のために戦っているんだ」。告白が届いた。「……スペイン！」。今度は向こうで訊ねた。「……おまえは」。偉大な回答が発せられた。「……おれたちの兄弟のパンだ！」。「……おやすみ、友よ！」。大地の向こう側から答えがあった。「……おやすみ、友よ！」

すべては静寂に戻る。発せられた言葉は異なっていたが、両軍兵士は同じ真実を叫んでいた。しかし、このような気高い一致も、共に死ぬことを妨げてはくれない。

この文脈で用いられている「飼いならす（apprivoiser）」という言葉には、戦場で敵対する者同士の間でさえ、一方が心をひらいて踏み出せば、両者の心をつなぐことは決して不可能ではない、というサン＝テグジュペリの信念が、凝縮して表現されている。この「飼いならす」は、まさに勇気ある英雄的行為を意味している。ここでは、

「飼いならす」＝一方向的

⇩

「関係をとり結ぶ」＝双方向的

という移行が、文字通りに生じている。

問題は、この感動的な場面における兵士の勇気ある行動と、小さな王子が彼の星で、バラにあれこれ言われてうんざりしながら水をやったり、覆いを掛けたりして、一日に四四回も日の入りを見るほどに落ち込み、挙句の果てに、自分の星を捨てて放浪する、という情けない行動とが、まったく異なっている、という点である。戦場で生命の危険を冒して敵に呼びかけて対話を目指そうとする勇気ある態度と、王子のバラに対する情けない態度とは、まさに正反対である。王子には勇気のかけらもない。

この両者の違いを無視して、共に「apprivoiser 飼いならす」で一緒くたにするのは、無茶というものである。王子はハラスメントを仕掛けてくるバラに抵抗しようともしなかった。その勇気を持つことができず、やられる一方であった。それが両者の関係の本質である。

もし王子が、バラという虐待者との間に、本当の心のつながりを生み出したいのであれば、それこそ、戦場で兵士がやったような命懸けの apprivoiser を仕掛ける必要があった。それには、類まれな勇気と、知恵とが必要であって、それこそ、王子が学ばねばならぬことであった。

しかしキツネが王子に教えたことは、勇気でも知恵でもなかった。キツネがしたのは、王子がバラのために時間を無駄にしたこと、それがすでに apprivoiser になっている、という奇妙な現状肯定の思想を埋め込むことであった。そして apprivoiser した以上は、永遠に責任がある、というわけのわからない言説を振り回して、王子の罪悪感を風船のように膨らませてしまったのである。

サン＝テグジュペリは、果たしてこのような apprivoiser の奇妙な使い方を、意図してやったのであろうか。それを論証することは不可能に近い難業であるが、おそらくは無意識のうちに、何かに導かれるようにして、やったのではないかと思う。そしてその結果、キツネのセカンド・ハラスメントを、簡潔かつ明快に表現し、王子の自殺という恐るべき悲劇の結末を、整合的に描くことに成功してしまったのだと私は思う。

さて、以上の議論によって、「飼いならす」という行為の一方向性は揺るぎないものとなったと私は考える。AがBを飼いならすことに成功したなら、改めてBがAを飼いならす必要などどこにもないし、そんなことはそもそも起きない。戦場で一方が他方を「飼いならし」て対話が成立したなら、改めて他方が一方を「飼いならす」ことなど、考えることもできない。

あるいは、

「AがBを飼いならす、ということは、BがAを飼いならすことでもある」

などという奇妙な屁理屈を考える必要はどこにもない。

AがBを飼いならす、というのは、サン＝テグジュペリの別の表現では「闇夜に、見知らぬ者に向かって、簡素な掛け橋を投げ」る、ということであり、それがうまくいけば「世界の二つの側をつなぐ」ことになるのである。念のためにその文を引用しておけば、以下のとおりである。

Ici nous avons jeté dans la nuit, vers l'inconnu, une passerelle légère, et voici qu'elle relie l'une à l'autre les deux rives du monde.
ここで我々は、闇夜に、見知らぬ者に向かって、簡素な掛け橋を投げた。そして今や、それは一方を他方へと、世界の二つの側をつないでいる。

当然のことであるが、

「AがBに掛け橋を投げるということは、BがAに掛け橋を投げることでもある」

などという屁理屈は成立しない。それゆえ、内藤濯の言うような

「王子と花とはそうして、たがいに飼いならされたのである」

などという屁理屈は、成立しない。これはまぎれもなく内藤の捏造である。

興味ふかいことに、この内藤と同じ詭弁を多くの論者が繰り返す。

ちなみに内藤はこの語を、「飼いならす」「なつく」「仲よくする」「じぶんのものにする」「めんどうみる」などと、適当に訳し分けて、原文のニュアンスを消してしまうという誤りを犯している。この点は加藤晴久『憂い顔の「星の王子」さま』（二〇〇七）が、キーワードをこのように処理することの不当性を、厳しく批判している。

その加藤は、同書の第一部第三章「『飼いならす』とは『絆をつくりだす』こと」において、apprivoiser という言葉を詳しく取り上げている。そのなかで、フランス語におけるいくつかの用例に加え、サン＝テグジュペリのこの語の用例を調べ、次のように結論する。

☆　☆　☆

以上の例から、サン＝テグジュペリが apprivoiser という動詞を自分の語彙に入れたのは野生の動物を実際に飼いならした経験からであること、そしてこの動詞を「手なずける」「自分のものにする」というニュアンスで人間について使うようになったという結論を引き出すことができる。

ということは同時に apprivoiser「飼いならす」＝ créer des liens「絆をつくりだす」という *Le Petit Prince* で与えられている定義はサン＝テグジュペリが到達した人間関係観を表現して

いる、ということでもある。（加藤　二〇〇七、四三頁）

かくして加藤は、apprivoiser を「飼いならす」と訳さねばならない、と主張する。この議論は実に厳密であって、明快である。私も「飼いならす」と訳さねばならぬことに同意する。

ところがこれだけ厳密に議論した挙句に、加藤は次のように内藤と同じ詭弁を展開する。

王子自身が言っているように、王子とバラはやはり互いが飼いならし合った仲である。（加藤　二〇〇七、四四頁）

一体、いつ、王子は自分とバラとが「互いが飼いならし合った仲」だと言ったのであろうか。王子がバラとの関係で言ったのは、

(6)「一輪の花があってね……ぼくが思うに、彼女はぼくを飼いならした……」

だけである。王子はバラに「飼いならされた」と言ったのである。

これに対してキツネが別れ際に、

(16)きみが飼いならしたものに対しては、きみは永遠に責任を負うことになる。

と宣言した挙句に、

「きみは、きみのバラに責任がある……」

と嘘をついたに過ぎない。つまり、王子がバラを飼いならした（ことになっている）、と言ったのは、王子ではなくキツネである。加藤が「王子が言った」と主張している根拠はおそらく、キツネに言われて王子が、

「ぼくは、ぼくのバラに責任がある……」

とオウム返ししているからであろう。しかしすでに見たように、これ以降、王子は混乱に陥って、最後は自殺するのであるから、正常な精神状態で「認めた」とは認められない。百歩譲ってここを認めたとしても、「互いが飼いならし合った仲」とは、王子は決して言っていない。

そのあと加藤は、この表現を連発する。（同頁）

王子と語り手のパイロットも飼いならし飼いならされた仲である。

飼いならし飼いならされた者どうしの絆が生命を救う例が『人間の大地』で語られている。

『ある人質への手紙』で語られている挿話も飼いならし飼いならされた者どうしの関係の一例である。

このうち、『人間の大地』と『ある人質への手紙』は、加藤の言及を見るかぎり、「飼いならし飼いならされた者どうし」という表現は一切使われていないので、そもそも事例になっていない。また、王子と飛行士とが、「飼いならし飼いならされた仲」ではないことは、第25章の最後の一文、

⑰飼いならされてしまったら、少し泣いてしまうおそれがある。

から明らかである。これは飛行士による自分と王子との関係についての発言である。自分は王子に「飼いならされてしまった」とはっきり言っている。そして飛行士は王子を「飼いならした」とは言っていない。それゆえ両者が、「飼いならし飼いならされた仲」である、とは言えない。

そもそも加藤が論証したように、サン＝テグジュペリは、この言葉を野生動物を飼いならすという一方向の行為として明確に理解して語彙に入れた。人間が、飼いならした野生動物に飼いならされる、ということはありえないので、その一方向性は明らかである。

加藤の挙げるその他の用例でもそれは同じである。私の引用した『パリ・ソワール』の記事の例でもそうである。それゆえ、「飼いならす」は一方から他方への行為に他ならず、それで終わりであって、「飼いならし飼いならされる」などということはありえない。加藤の挙げているフランス語のいろいろな用例もすべてそれを示している。

加藤は「飼いならし飼いならされた仲」についての奇妙な三つの事例ならざる事例を挙げたあとに、重ねて、

すべてはテクストのなかにある。そのすべてをテクストのうちに発掘するのが翻訳者の、そしてまた文芸批評家の仕事だろう。（加藤　二〇〇七、四五頁）

と高らかに宣言している。明らかにすべてのテクストは「飼いならす」の一方向性を示している。

私は「はじめに」で述べたように、加藤の注釈と解釈とにほぼ全面的に依拠している。それは、いろいろと比較検討した結果、彼の解釈が最も信頼に足る、と判断したからである。私は、加藤のテクストへの真摯な態度と綿密な解読に敬意を払う者である。それゆえ、なぜこの箇所だ

け魅入られたように、彼が徹底的に批判している内藤濯の轍をわざわざ踏んで、テクストを踏み外したのか、不思議でならない。

☆☆☆

三野博司は『「星の王子さま」の謎』（論創社、二〇〇五年）のなかで、次のように主張する。

ここで「手なずける」と訳した apprivoiser は、これまで「飼いならす」と訳されることが多かったが、「手なずける」と訳されている場合もある。英語版では tame となっている。サン＝テグジュペリについての書物を英語で著したロビンソンは次のように述べている。「ここでは翻訳の困難がある。英語の tame は、フランス語の異なった二つの語、すなわち動物を忠実に従うように訓練するという意味の domestiquer、そして人と動物とのあいだに愛情の絆を創り上げるという意味の apprivoiser の翻訳だからである。フランス語では、ここは apprivoiser なのである」（Robinson, 126）。だが、domestiquer と apprivoiser に対する、このロビンソンの解釈はかならずしも正確ではないように思われる。プチ・ロベール辞典（Petit Robert）によれば、domestiquer は「1野生種の動物を家畜にする。2完全に服従させ、支配下に置く」とあり、また apprivoiser は「1野生の（獰猛な）動物をより穏やかで、危険のないものにする。2いっそう従順で愛想のよいものにする」とある。ロビンソンが言うような「愛情の絆を創り上げる」という、そこまでの強い意味は apprivoiser にはない。ただし、domestiquer のほうが、より完全な支配の関係を創り出すという意味合いがあるようだ。そもそも、apprivoiser の原義は privy にする、すなわち個人の、占有の、プライベートなものにするということだ。つまり、ここではだれのものでもないキツネを、自分のプライベートなものにするということだ。それゆえ、domestiquer と apprivoiser の意味の相違、および apprivoiser の語源的意味を考慮して、apprivoiser は、「なずく（懐ずく）」のようにするという意味の「手なずける（手懐ずける）」と訳す方がいいように思われる。（三野 二〇〇五、一三一―一三二頁）

三野は加藤と異なって「手なずける」と訳すべきだと言う。フランス語の domestiquer と apprivoiser との訳し分けを強調するには、「飼いならす」より「手なずける」のほうがよいからだという。

しかし、加藤の議論と比べると、説得力が弱いと私は考える。というのも、それなら domestiquer の方は「家畜化する」として、apprivoiser を「飼いならす」として対比させれば十分だからである。それに、『星の王子さま』には domestiquer が出てこないのだから、そんな配慮をする必要がそもそもない。

三野は、ロビンソンのように、apprivoiser が「絆を創り上げる」という意味をもともと持っている、と解釈することは、語源的にも無理であることを明らかにした。それはその通りであろう。そもそも、apprivoiser が「絆を創り上げる」だとすると、「飼いならす＝絆を創り上げる」だ、というキツネの主張が無意味な同義反復になってしまう。

三野はさらに、王子が五千本のバラに悪口を言いに行く場面を引用して、次のように言う。

キツネは一方的に手なずけてほしいと王子さまに頼んだ。しかし、王子さまは、手なずけることが相互行為であることを理解している。王子さまがキツネを手なずけたと同時に、キツネが王子さまを手なずけたのだ。だから、王子さまは、五千本のバラに向かって、「誰もきみたちを手なずけていないし、きみたちだって、誰も手なずけていない」と言うのである。

（三野 二〇〇五、一四二頁）

つまり、「手なずけることとは、同時に、手なずけられることだ」と三野は理解している。これまた、内藤濯の「互いに飼いならされた」説と同じ解釈である（三野は『「星の王子さま」事典』大修館書店、二〇一〇年、一六〇–一六一頁で、ほぼ同じ議論を繰り返している）。

また、五千本のバラに向かって王子が「誰もきみたちを手なずけていないし、きみたちだって、誰も手なずけていない」と言った、というのは、「手なずけることが相互行為である」ということの根拠にはならない。前章ですでに示したが、ここで王子が言ったことの含意は、「誰にも飼いならされておらず、誰も飼いならしていない、ということは、誰とも関係をとり結んでいない」ということであって、「飼いならす」ことの方向性についての言及ではない。「飼いならす」という一方向の行為を、能動的にも受動的にも経験していない、という意味なのである。

塚崎幹夫『星の王子さまの世界』(中公新書、一九八二年)は、この本がファシズムとの戦いを主たるテーマとしたものであって、三本のバオバブの樹は、ドイツ・イタリア・日本を表現している、といった新解釈を多数提出した名著として、今も広く読まれている。私もまた若いころにこの新書を興味深く読んで強い刺戟を受けた者の一人である。

塚崎は「飼いならす」はさほど重視しておらず、言及が限られている。しかし、そのなかで次のように、明確に「飼いならす」を相互行為として描いている。

一つは「飼いならし」あう方法である。時間をかけて密度の高い新しい共通体験を積み重ね、多くの心の結び目をつくりあげて、自然に「仲よくなる」ことに成功した場合いは、労することなくおたがいの心のなかがわかりあえるようになる。いったんつくりあげた心の結び目は簡単に解けないから、共通体験の積み上げによる相互の理解は最も安定したものとなる。王子とバラ、王子とキツネの場合がこれに当たる。(塚崎　一九八二、八〇頁)

塚崎もまた、この点では内藤濯に従っていることがわかる。この解釈はしかも、「飼いならす」を長期にわたる過程だとみなしている点で、さらに問題である。すでに見たように、飼いならすというのは、戦場で敵に呼びかけるような、一瞬の行為だからである。

片山智年もまた、内藤濯と同じことを言っている。その著書『星の王子さま学』（慶應義塾大学出版会、二〇〇五年）には次のように書かれている。

最初は、バラが「王子さま」を「apprivoiser＝なつけて」いるわけだが、やがて「王子さま」とバラとの関係は相互に apprivoiser した関係だということが明らかになる。ひとは自分が apprivoiser したものに対して責任を持つという言葉を聴いて、自分はバラに対して責任を持つのだと自覚するシーンが後に現れるからである。（片山　二〇〇五、一六九頁）

ここで片山は、

(1)最初、バラが王子を apprivoiser していた、

(2)しかしやがて、相互に apprivoiser した関係であることが明らかになる、

(3)なぜなら自分がバラに責任を持つと自覚するシーンがあるから、

と主張しているのだが、(2)(3)は加藤と同じ議論なので、誤っていることはすでに明らかである。また(1)はそもそも不正確である。王子が「バラに飼いならされた」と認識していることがテクストに書かれているのであって、「最初は、バラが王子さまを飼いならしている」と書かれているのではない。

私は、日本語で書かれた『星の王子さま』についての文章のすべてを見たわけではないが、内藤濯の捏造に始まる、

「王子とバラとは、たがいに飼いならされた」説

は、ほぼすべての論者によって受け入れられているのではないかと思う。内藤を厳しく批判する加藤や塚崎ですらこの説を継承しているのであり、明確に書かれていない場合であっても、この考えに反対を表明している文章を見たことがない。

「たがいに飼いならされた」という表現に、私は何か演歌調のねっとりした気分を感じてしまう。英語やフランス語の『星の王子さま』に関する文献を精査していないので断言はいたしかねるのだが、翻訳されている文献を見るかぎり、そういう議論は見当たらなかった。「たがいに飼いならされた」説は、日本文化に特有のハラスメントのあり方を反映しているのではないか、と思想像する。そしてこの誤解が、日本での『星の王子さま』人気の原因のひとつではないかと思

う。そのあたりはぜひとも、フランス文学を専門とする方々に検証していただきたいものである。

☆　☆　☆

前章で論じたように、被害者が加害者との関係を「お互いさま」と理解するなら、モラル・ハラスメントが成立する。決定的に重要なことは、「飼いならす」という方向性のある概念を、「関係を取り結ぶ」という双方向の概念に、単純に置き換えてしまうことである。そうするとそこに隠蔽が生じ、ハラスメントが芽生えることになる。

サン＝テグジュペリは、人間を人間でなくしてしまう抑圧に対して、常に怒りを表明した。彼はそのような抑圧に対する鋭い感受性を持ち、告発し続けた。

そして、この抑圧という魔物に取り憑かれた人物に立ち向かいつつ、しかもその人物を倒したり、排除したりするのではなく、そういう人物に取り憑く魔物を「飼いならし」、その人との間に関係を取り結ぼうとしていたのだと私は思う。そうやって社会を成り立たせる人間の関係を広げようとしていた。これは実に高潔な思想であった。

サン＝テグジュペリは、一九四三年末にアルジェで書いて投函しなかった手紙で、次のように書いている（「１４８　X……………への手紙」『サン＝テグジュペリ・コレクション7　心は二十歳さ――戦時の記録〈3〉』みすず書房、二〇〇一年）。

牢獄に閉じ込められた魂だけが、わたしの心を動かす、とお考えください。失われた人間にしても、その人を飼いならすという奇跡に三秒間でも成功するなら、三秒間だけでもその人が《信頼する》なら、どんな顔を見せるかはわかりません。(Saint-Exupéry 1982, p.449)

ここで彼が言っている「飼いならす」は、そのような魔物によって「牢獄に閉じ込められた魂」を呼び覚ますべく、相手の魂に橋を掛ける、という意味であろう。

それでも、彼の「魔物」の認識は、何か盲点があったように私は感じる。それが「飼いならす」という概念を曖昧化し、腰抜けの王子とバラとの関係を「飼いならす」で処理する、という奇妙なキツネの言説に帰結したのではないだろうか。この盲点ゆえにサン＝テグジュペリは〝apprivoiser〟という言葉を二重化して使ってしまった。その背後には、自分自身を「バラ」だと認識し、それを終生の誇りとしたサン＝テグジュペリの妻、コンスエロとの関係があると予想される。ただ、それが具体的にどのように関係しているのかを解明することは、私の手に余ることであり、これもまたフランス文学者の研究に委ねたい。加えて、内藤濯はじめ、日本の論者の夫婦関係も、また別の影響を与える可能性があることを指摘しておきたい。

そしてまた逆説的なことに、この盲点が作動することによって、王子の自殺に向かう恐るべき悲劇の引金をキツネが引く、というドラマを生み出すことになった。そしてそこから、『星の王子さま』という傑作が生み出されたのである。結果的に傑作が生まれるように、見事に誤ってみせたところに私は、サン＝テグジュペリの天才を見るのである。

5　ボアの正体

矢幡洋は『「星の王子さま」の心理学』（大和書房、一九九五年）の「まえがき」に次のように書いている。

（ドストエフスキーの作品群などのように――安冨）人間のもつどす黒い欲望や憎悪といった「悪」を、どれだけ深くえぐりだしているかが文学の価値であると思っていた。そういう暗黒文学に比べれば、『星の王子さま』は、基本的には善意しか存在しない世界である。（矢幡一九九五、二頁）

私はこの文章を読んで、とても驚いてしまった。『星の王子さま』は、最後に王子が毒蛇に自分を噛ませて自殺する物語である。「善意しか存在しない世界」で、少年が自殺に追い込まれるという事態が、どうやって生ずるというのだろうか。

この文章はしかし、考えてみればハラスメントというものの本質を見事に反映してもいる。というのも、ハラスメントの本質は、被害者が虐待者によって操作され、「善意しか存在しない世界」に自分が住んでいると思い込み、にもかかわらずそこに苦痛を感じることに「罪悪感」を抱く、という点にあるからである。恐るべき悪意の引き起こす悲劇が、善意しか存在しない物語に見える、というところに、この作品が傑作である所以がある。

この物語に潜む悪意は、すでにバラのモラル・ハラスメントと、キツネのセカンド・ハラスメントとして摘出したが、この章では冒頭の三枚の絵、特に「ボア」の正体を考えることで、その様相を確認していくこととする。

この本に最初に登場する絵は、飛行士が六歳のときに読んだ物語の挿絵である。興味ふかいことにサン＝テグジュペリは、若い頃に《熊》というアダ名をつけられていた（加藤　一九八七）。ということはこの絵は、彼自身の姿の自画像だとも解釈できよう。

もし、この絵の獲物の熊がサン＝テグジュペリであるとすれば、このボアは一体、誰なのであろうか。ユング派の分析心理学者であったM‐L・フォン・フランツは、ウワバミは明らかにすべてを呑みこむ母親のイメージであり、もっと掘り下げていうと、無意識の呑みこむ側面を表わすからだ。これに捕まると生気は奪われ、発達は妨げられる。（フランツ　二〇〇六、三二頁）

と言っている。フランツはこれに続く飛行士の作品1と作品2とについて次のように述べる。

このように象は、実はサン＝テグジュペリの自画像であり、そこには寸分のたがいもなく元型的なパターンが描き込まれている。つまり象は、彼がひそかにならんと欲する大人の英雄のモデルとして描かれ、しかもこの空想的なモデルそのものがすでに、いっさいを食いつくす母親に呑みこまれている――この最初の絵がそもそも悲劇の全貌を暗示しているのである。（フランツ　二〇〇六、三五頁）

この分析はしかし、そのまま受け取るには粗雑に過ぎると感じる。もし象がサン＝テグジュペリの自画像だとすると、どうして一枚目は熊で、二枚目は象になったのだろうか。それに、象が「大人の英雄のモデル」というのは、どこにその根拠が

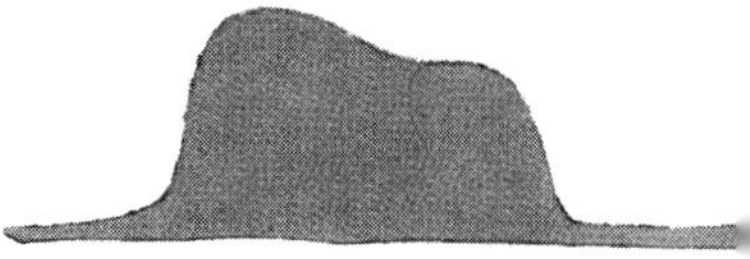

あるのだろう。この後の絵にも象は出てくるが、そういう印象を抱かせるものはない。

彼女の「分析」と称するものは、ユング派の分析心理学の諸概念に全面的に依拠し、それを『星の王子さま』に強引に当てはめて、著者のサン＝テグジュペリ自身の心理分析を行う、という教条的なものである。しかも、矢幡（一九九五）の指摘するように、フランツの書物は伝記的事実にさまざまの誤りがある。

そういうわけで私は、フランツのような手法には疑問を感じる。というのも、作品は、著者と一体ではないからである。すでに述べたように、優れた作品は、著者を通じて出現するものであり、それは著者自身を超えてしまう。『星の王子さま』はまさにそういった意味での傑作であり、それをサン＝テグジュペリという作者個人の心理へと引き戻し、夢判断のように根掘り葉掘りする、というのは、作品の価値を貶めてしまうことになる。

サン＝テグジュペリの人生やその母親との関係とを詮索するよりも、この作品の冒頭にこれらの絵が掲げられていることの意味を考えるべきである。それはやはり、作品全体を理解するための手がかりとして読む、ということになろう。

☆
☆
☆

塚崎幹夫（『星の王子さまの世界――読み方くらべへの招待』中公新書、一九八二年、一〇－一三頁）

は、この三つの絵に明確な悪意が描かれていると読み取って、次のように言う。

おとなしい大きなものが凶暴な小さなものに生きながらのみこまれる、現代社会での弱肉強食とはいったい何なのか。

何日もさらに頭をひねったのちに、ゾウは中国やエチオピアやチェコではないかと私は推量した。「半年」というのは、何かこれに関係あることにちがいない。年表を調べてみた。次のとおりである。

一九三七年七月七日——日本、中国侵略戦争を開始。

一九三八年三月一〇日——ドイツ、オーストリアを侵略併合。

九月二九日——ミュンヘン協定。ドイツ、チェコからズデーデン地方を略取。

一九三九年三月一五日——ドイツ、チェコを解体してボヘミア、モラビアを併合。

四月七日——イタリア、アルバニアを占領。

九月一日——ドイツ、ポーランドに侵入。

一九四〇年四月九日——ドイツ、デンマークおよびノルウェーに侵入。

ドイツの軍事行動はほぼ正確に六か月ごとに起こっている。……ドイツの軍事行動とウワバミの説明にある六か月の周期の一致は、偶然のものではない。無邪気なふりを装いながら、彼は深い意図をもってこのエピソードを書いたのだと断言できると私は思う。

学生時代にこの箇所を読んで私は「なるほど」といたく感心したものである。

しかし少し考えれば、この塚崎の記述には奇妙な点がいくつもある。

第一に、これらの絵が、「大きなもの」が「小さなもの」にのみ込まれる絵だ、という主張が事実に反している。これらの絵のなかでウワバミは、明らかに象や熊に匹敵するほどに大きな生き物として描かれている。それゆえ、「小さなもの」が「大きなもの」をのみ込む絵ではそもそもない。敢えて言えば「細長いもの」が「丸いもの」をのんでいる絵である。

しかも、そのあとに彼はもっと奇妙なことを言う。「大きなもの」が「小さなもの」にのみ込まれるとはどういうことか、を頭をひねって考えて、「ゾウは中国やエチオピアやチェコではないか」と思い至った、というのである。

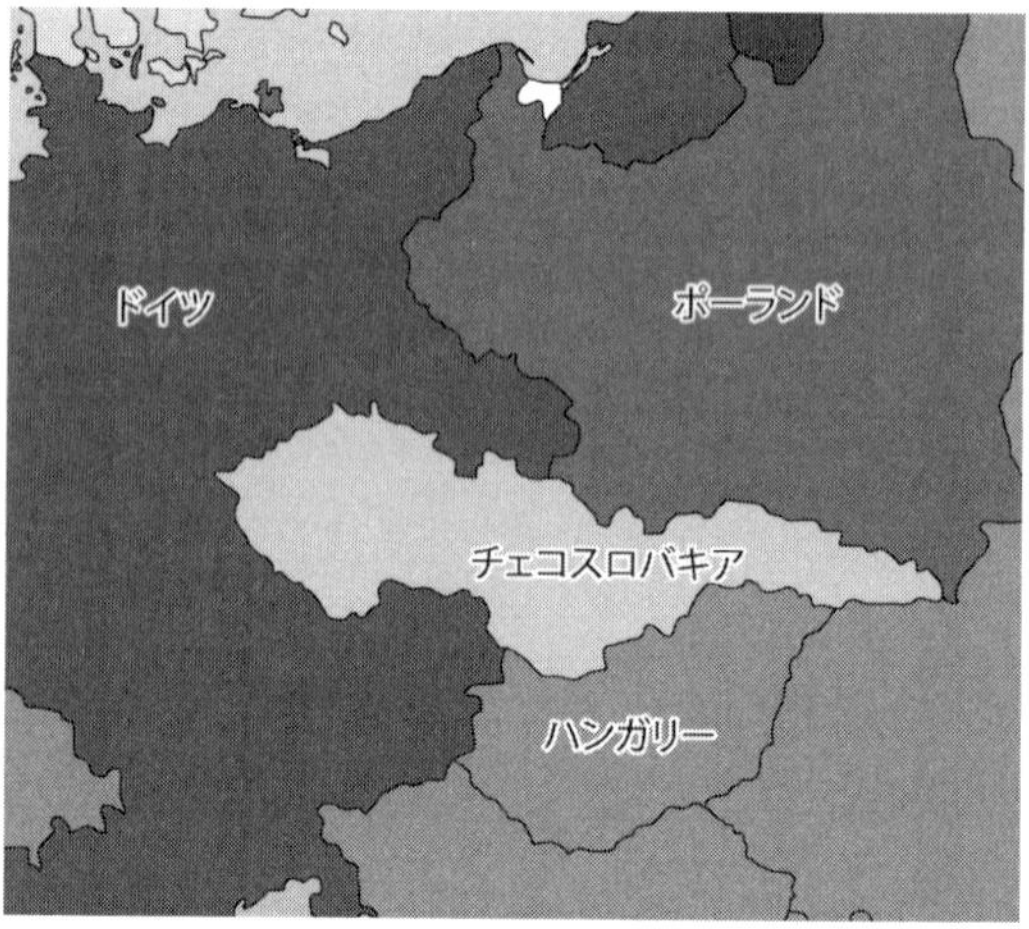

確かに、日本と中国とを比べれば、日本のほうが凶暴で小さいのは間違いない。また日中ほどではないが、イタリアはエチオピアより小さい。

しかし、彼が「半年周期説」の対象としているドイツはどうか。彼の挙げた三つの「ゾウ」のうちで「チェコ」というのは、いわゆる「チェコスロバキア解体」のことである。これは、ドイツの主導によってチェコが一九三八年～一九三九年にかけて段階的に国家解体され、ドイツ・ハンガリー王国・ポーランドに併合された過程を言う。当時の地図を見れば明らかであるが、ドイツとポーランドとはチェコより遥かに大きいので、これはどう見ても、「小さなもの」が「大きなもの」をのみ込む、という話ではない。

また、年表に日本やイタリアの侵略が出ているが、これはドイツの六か月周期とは関係がない。細かいことを言えば、ミュンヘン協定は「軍事行動」ではなく、「軍事的恫喝による外交的勝利」である。

それより重大なことは、このあとのドイツ軍の軍事行動が、六か月周期になっていないという事実を、塚崎が示していないことである。サン＝テグジュペリ自身も参戦した独仏戦は、ドイツのデンマーク・ノルウェーへの侵入のわずか一か月後、一九四〇年五月に起きている。フランスは六月に降伏し、続いてイギリスとの空中戦「バトル・オブ・ブリテン」が、その一か月後の同年七月に始まり、一〇月まで継続した。そして第二次世界大戦のクライマックスである独ソ戦は、それから八か月後、翌一九四一年の六月に、ドイツ軍のソ連侵入で始まる。

つまりドイツの軍事行動は、一か月、一か月、八か月の間隔で起きているので、六か月間隔説はまったく当てはまらない。ちなみに、サン＝テグジュペリが『星の王子さま』を執筆したのは一九四二年であり、ドイツの大規模な軍事行動が三回も起きた後では、その前の小規模の軍事行動や軍事的恫喝が、どういう間隔で起きたか覚えているのは難しかったであろう。

このように塚崎の議論は、

(1)「細長いもの」が「丸いもの」をのみ込んでいる絵を、「小さいもの」が「大きいもの」をのみ込んでいる絵だと歪めて解釈する。

(2)大きなドイツが、小さなチェコを解体して部分的にのみ込んだ事態を、「小さいもの」が「大きいもの」をのみ込んだ例として挙げる。

(3)ドイツの軍事行動と直接関係のない日本やイタリアの話をして印象操作をする。

(4)ドイツ軍の軍事行動のうち、六か月間隔の成り立っていそうなところだけ見せる。

といったことの上に成り立っている。話をすり変えたり(1)(2)、関係ないことを入れて煙幕を張ったり(3)、都合の悪いデータを隠したり(4)するのは、古典的な詭弁の手法である。これでは牽強付会と言わざるを得ない。

☆　☆　☆

フランツと塚崎とを除くと、それ以外の論者は、これらの絵が何かを表現している、という見方を否定する。たとえば三野博司は次のように言う。

彼が感じ取った恐怖とは何なのか。当時の歴史情況に照らし合わせて、この野獣を呑み込む大蛇《ボア》は周辺諸国を侵略するドイツであるとか、あるいは作者サン＝テグジュペリに対する精神分析的解釈によって、子どもを呑み込む母親であるとかの解釈もある。しかし、ここで重要なのは恐怖そのものというよりも、大蛇《ボア》の体内が見通せるかどうか、説明抜きでそのことを理解できるかどうか、という点だろう。（三野　二〇〇五、一七－一八頁）

ここで三野が主張しているのは、ボアの体内を見通すことができるかどうか、その想像力が問題にされている、ということである。

同じことを水本弘文や小島俊明も主張している。

ものごとは外観だけでは真実をとらえることができない、隠れた内側に目を向けなければ……………二枚の絵が語っているのはそういうことだと思われます。（水本　二〇〇二、一九頁）

こんなわけで、「中の見えないウワバミ」は、この物語を読み解く一つの鍵になっている。つまり、象が描かれていないのに象を見る超能力が問題である。「ぼく」は、「中の見えないウワバミ」をいわば一つの判じ絵として用い、おとなを試し、内部に象を見ることのできないおとなをからかっている。「ぼく」は「ぼく」の描かなかったものを見抜いてくれることを求めている。つまり、目に見えないものを見る能力を要求しているのである。いってみれば、これがこの物語の主題である。(小島　二〇〇六、二六頁)

これらの議論の問題点は、象を呑んだボアの二枚の絵はこれでよいとしても、一枚目の熊を捉えているボアの絵がいったい何なのか、説明できないことである。一枚目の絵の「目に見えないもの」とは一体何だというのだろう。言うまでもなく、象の絵は、熊の絵の刺激を受けて描かれた。その両者が全然別のことを表現している、というのだろうか。

三野は「彼が感じ取った恐怖とは何なのか」と鋭く問題提起しながら、何の根拠も示すことなく「しかし、ここで重要なのは恐怖そのものというよりも、大蛇の体内が見通せるかどうか、説明抜きでそのことを理解できるかどうか、という点だろう」と問題をすり変えてしまう。これもまたよくある詭弁の一種である。

☆
☆
☆

さて、以上のように、

(1)ボア＝母親説
(2)ボア＝ナチス・ドイツ説
(3)見えないものを見る説

は、いずれも一長一短である。つじつまの合わないところがあるので、それをごまかすために、三者三様に詭弁を使ってしまったのだと思われる。しかしだからといって、これらの議論は無価値なのではなく、それぞれに重要な論点を示してもいる。これらの議論の貢献は、

(1)親との関係
(2)ヒトラーの暴力
(3)隠蔽を見破る能力

という論点を提起した点にある。

また、(1)と(2)とは、「私の絵が怖くない?(si mon dessin leur faisait peur)」という子ども時代の飛行士の問いに示されるように、「怖い」という感覚に結びついている。これらの論点を総合的に取り込んだ形で解釈を構成すれば、この三枚の絵の含意を汲み取ったことになると私は考える。

私の解釈は、ここまで本書を読まれた方であれば、すでに予想されているのではないかと思うが、この三枚の絵は「モラル・ハラスメント」を表現しているのではないか、ということである。

熊がボアに拘束されている最初の絵は、蛇が虐待者を、熊が被害者を表していると考えれば容易に理解できる。雁字搦めになって身動きが取れず「束縛」されている、というのが、ハラスメント被害者の典型的な心理状況だからである。この絵に「モラル・ハラスメント」というキャプションを付けてもよいくらいだ、と思ったので、本書の表紙に採用した。

そして象をのみ込んだボアの二枚の絵は、同じことを違った角度から表現している。こちらの絵が強調しているのは「隠蔽」である。モラル・ハラスメントの特徴は、すでに見たように、その悪意が隠蔽されている、という点にある。熊が象になっているのは、熊でも象でもハラスメントの被害者になる点では変わりがないことを示している。ボアにのみ込まれた象は、目も開いており、明らかに生きているというのに、抵抗もせずに大人しく消化されている。そして象は、ボアに取り込まれることによって、外部から遮断されて、「ブラックアウト」になっている。この様子は、モラル・ハラスメント被害者の状況と正確に対応している。

また、このような情況に被害者が陥っていても、外部の人はまったく気づかず、「どうして帽子が怖いの？（Pourquoi un chapeau ferait-il peur?）」というような、のんきな反応をする、という点も一致している。ハラスメントの構造から抜け出すには、帽子に見えるものが実は象をのみ込んだボアだ、ということを見抜く力を必要とする。それは、被害者自身についても、外部から状況に参与する者についても言えることである。

また、モラル・ハラスメントの加害者も被害者も、子ども時代の経験に支配されている。この点は極めて重要であるので、イルゴイエンヌの著作に戻って議論しておこう。イルゴイエンヌは虐待者について次のように指摘している。

我々を邪悪な人物から区別するものは、そういった（邪悪な――安冨）行動や感情が、一時的反応に過ぎず、自責と後悔とを後から伴う、という点にある。神経症患者は、この内的葛藤を受け入れることを通じて、自らの統一性を保っている。邪悪さという概念は、まったく罪の意識なく、他人を利用して破壊するという戦略を含意する。（Hirigoyen 1998, p.149; E.p.123）

邪悪な自己愛者は、症状のない精神病者として理解されている。彼らは自らの痛みを感じることなく、内的矛盾の認識を拒絶し、他人に転嫁することで、均衡を見出している。彼らが悪事を働くのは「わざとではない」。彼らは悪事を働く以外のあり方を知らないのである。彼ら自身、子どもの頃に傷つけられたのであり、自らの生を維持しようとして、こういうことをしている。この痛みの転嫁によって彼らは、他人を犠牲にして、自らの価値を高めることができる。(Hirigoyen 1998, p.151-2; E. p.125)

つまり、虐待者は、子どもの頃に虐待を受けて傷つき、そのために内的葛藤や痛みを他人に転嫁して生き延びる、という以外の生き方を知らない人間だ、というのである。すべてを他人に押し付けるので、虐待者自身は精神疾患を発症しないが、その内面は完全に空虚であり、おそろしく病んでいる。虐待者は、児童虐待の被害者である可能性が高い。イルゴイエンヌは次のように述べる。

アリス・ミラーは、「お前のためだ」と称して幼児を「おとなしくさせる」抑圧的教育は、その子の意思を破壊し、本当の感覚・創造性・感性・怒りを自ら抑えこませることになるとする。ミラーによれば、この種の教育は、更なる別の問題の素地となる。それは、個人については邪悪な自己愛者を生み出し、集団的には全体主義的なセクトや政党に帰結する。かくして、幼児期に用意されたことによって、各人の成年期が左右されるのである。(Hirigoyen 1998, p.178; E. p.146)

ここでイルゴイエンヌがアリス・ミラーに言及していることは重要である。ミラーの著作を見れば明らかであるが、子ども時代に受ける暴力は、虐待者にも被害者にも共通に見られる特徴なのである。アリス・ミラーは、幼児期の虐待が個人および社会に対してどれほどひどい影響を与えるかを究明した思想家である。彼女の貢献は、二〇世紀の学問が成した最大の発見のひとつだ、と私は感じている（安冨　二〇一三、を参照）。

彼女の問題意識とその結論は、彼女のホームページ Alice Miller: Child Abuse and Mistreatment の冒頭の以下の言葉に要約されている。

子どもの虐待・子どもの陵辱。

それは何か。

屈辱を与えること、叩き殴ること、顔への平手打ち、侮辱、性的搾取、嘲笑、無視などといったものは、すべて虐待である。なぜなら、たとえすぐには目に見える結果が現れなくとも、それは子どもの健全さと尊厳とを傷つけることになるからである。しかしながら、大人になると、ひどく陵辱された子どもはその傷から苦しみ、他人をも苦しめることになる。暴力のこの効果は、ときにその被害者を変容させて、全国民に向けて復讐する悪鬼のごとき人物を生み出し、ヒトラーをはじめとする残酷な指導者のような、言葉にし得ないほど悪辣な独裁者のために、喜んで働く人物をつくり出す。殴られた子どもは、自らの受けた暴力を極めて早くわがものとし、彼らは、自分が罰せられたのは当然であって、愛ゆえに殴られたのだと信じ、両親に倣って暴力を賛美して後にそれを活用する。彼らは自分が受けねばならぬ（あるいは子どもの頃に受けねばならなかった）罰の唯一の理由が、彼らの両親自身が、一体何のためなのかさえ問うことなしに、暴力をその身に受け、身につけたからだ、という事実を知らない。かつて虐待された子どもであった大人は、自分の子どもを殴るときに、自らが小さく無力であった頃に自分を陵辱した親に対する感謝を、しばしば感じるのである。

社会のこの問題への無関心がかくも揺るぎなく、親たちがまったくの「善意」にもとづいて世代から世代へとひどい痛みと破壊とを生み出し続ける理由は、ここにある。大抵の人はこの問題に盲目的に寛容であるが、それは子ども時代にある人間の暴力の根源が、全世界的に無視されてきたからであり、今も無視されているからである。ほとんどすべての小さな子どもは、生まれて三年の間に、歩き始めたときに、触ってはならないものに触って、ピシャリと打たれている。これは、人間の脳がその構造を形成し、親切・真実・愛情を学び、決して残虐さや嘘を学んではならぬ、まさにその時に起きる。多くの虐待された子どもが、「助けてくれる証人」を見出して、彼らから愛情を感じることができるのは、幸いである。

(http://www.alice-miller.com/)

私は、この事実、つまり「お前のためだ」といって子どもにさまざまの形態で加えられる暴力こそが、人類のすべての問題の根源である、という事実が、何よりも重要な知識だと考える。また、この暴力が、殴る蹴るといった物理的身体的なものにとどまらず、侮辱・嘲笑・無視などを含んでいることに注意すべきである。

アリス・ミラーがヒトラーに言及しているのは、彼女がナチス・ドイツに支配され、アウシュビッツ強制収容所の置かれていたポーランドの出身であることと密接に関係している。ミラーの代表作である、*Am Anfang war Erziehung Suhrkamp;* Neuauflage. edition 1983（『魂の殺人――親は子どもに何をしたか』〈新装版〉山下公子訳、新曜社、二〇一三年）は、なぜヒトラーのような人物が出現し、なぜ多くの人が同調したのかを考察している。

ミラーが注目したのは、ヒトラーとその支持者の子ども時代にドイツに蔓延していた「シュレーバー教育」などの、極度に暴力的な教育法である。ダニエル・ゴートリープ・モーリッツ・シュレーバー（Daniel Gotlob Moritz Schreber:1808-1861）は、ドイツの指導的な教育者であり、幅広い影響力を持っていた。彼の長男は三八歳でピストル自殺し、次男のダニエル・ポール・シュレーバー（Daniel Paul Schreber：1842-1911）は裁判官となったが、四二歳のときに発狂し、自らの妄想について詳しく書いた『ある神経病者の回想録』という本を出版した。この本をフロイトが分析したことで、非常に有名な症例となった。シュレーバーにはほかに娘が少なくとも一人おり、その女性は一生を独身で過ごして、晩年には「精神的にまともではなくなった」という。

モートン・シャッツマンは、改めてこの書物を分析し、またその父の著作を読んで、次のように指摘した。

―シュレーバーがパラノイア、精神分裂症、気違いなどのレッテルをはられる理由となったその奇妙な経験のいくつかは、彼の父の特殊な教育法と結びついている可能性があること。
―彼の父の育児法では、どんな子どもでもめちゃくちゃになったであろうこと。
―彼の父は、子どもがその育児法をめちゃくちゃであると批判するのを禁じていたであろうこと。

私の研究の目的は、気違いと見なされた一人のおとなの心を、子どもだったときの彼に対する父親の態度と結びつけることにある。（シャッツマン　一九七五、二二頁）

子どもを抑えつけることをすすめるとき、シュレーバー博士は、意識的かつ意図的に、子どもは親がいるかぎりロボットのように親に服従すべきであるということを、ハード・プログラムしている。親への「無条件の服従」という抽象的、一般的原則を、すべての過程におけるすべての場面に適用することが、彼の目標である。（シャッツマン　一九七五、四一頁）

つまり、極めて抑圧的で暴力的で厳格なシュレーバーの教育法によって、彼の子どもの一人は自殺に追い込まれ、少なくとも二人は精神的におかしくなり、そのうち一人の症状は、父親の教育法を表現している、というのである。

シュレーバーの教育法がどのように「めちゃくちゃ」であるかは、彼が開発した教育用器具の

図 シュレーバーが開発した教育用器具

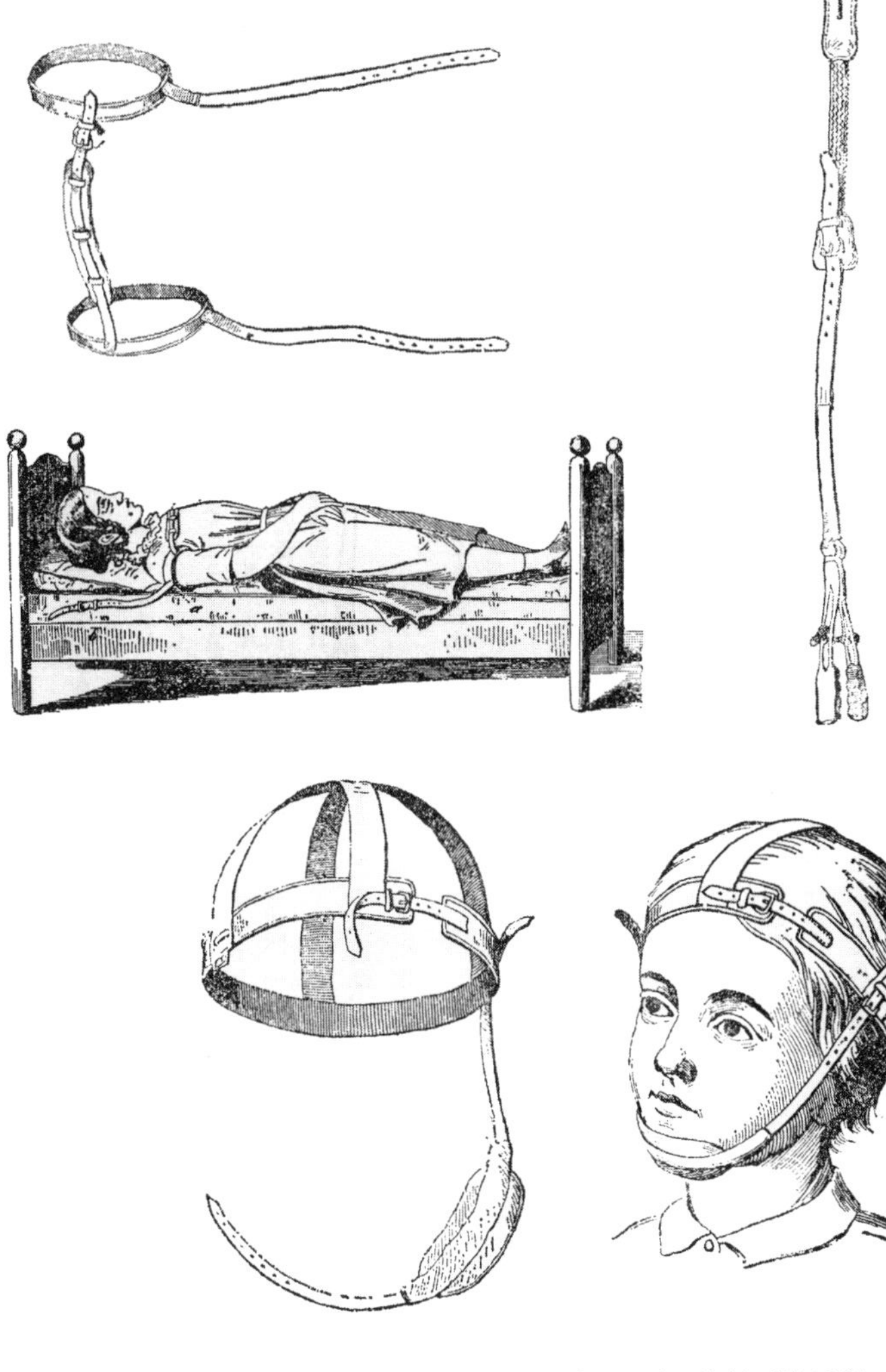

モートン・シャッツマン『魂の殺害者――教育における愛という名の迫害』（岸田秀訳、草思社、1994 年）から転載

絵を見れば十分であろう（図参照）。たとえば図の右下の〝The Kopfhalter〟（頭部固定器）は、子どもの頭が前や横へ傾くのを防ぐためのひもであり、その一端を子どもの髪に、他方の端をその下着にくっつけるものである。そうしておけば、子どもが頭をまっすぐに保っていないかぎり、髪の毛が引っぱられるのである。息子のシュレーバーは、この器具によって生じたと思われる、次のような幻覚に苦しんでいた（シャッツマン　一九七五、七〇－七一頁）。

わたしの近くで、またはわたしに対して何かの言葉が話されると、また、どれほどささいなものであろうと、誰かが何か物音を立てるようなことをすると、たとえば、廊下の扉の錠をあけるとか、わたしの部屋の扉のかけがねを押すとか……、わたしは頭をなぐられたような痛みを覚える。それは、頭の内側で突然引っぱられたような痛みで、非常に不快な気持ちになる。……そのときは、わたしの頭蓋骨が一部、引きちぎられるのであろう。少なくとも、そのように感じられるのである。（『回想録』、一六四頁）

このシュレーバーの記述についてシャッツマンは次のように指摘する。

おそらく、彼は、物音を聞くと、その方へ頭を向けたのであろう。そして、そのとき、頭を回して頭部固定器に引っ張られたことを再体験し、あるいは想起したのであろう。

シャッツマンは、父親の教育器具と子どもの幻覚との間の不気味なまでの一対一対応が、シュレーバーの開発したさまざまの器具について見られることを明らかにしている。このような器具を幼い子どもに長期間装着すれば、間違いなく何らかの精神疾患を引き起こすであろう。

この研究を通じて見出したことの含意について、シャッツマンは次のように述べている。


皮肉なことがいっぱいある。著名な教育学者の息子が精神病である。そのことは彼の名声を傷つけはしない。貪欲な読書家だったフロイトが、今自分がその児童期経験を追求しようとしている患者の父親が書いた児童教育の本を見逃す。フロイトの後継者たちも同じである。ドイツの親たちは、今なら多くの人がサディストまたは気違いと見るような男の思想にもとづいて子どもを育てる。（シャッツマン　一九七五、二二頁）

フロイトとその後継者が見逃したというのは、「シュレーバー症例」が非常に有名になってよく研究されてきたというのに、誰も、その有名な父親の児童教育法の本を開こうともしなかった、ということである。これは、子どもは自分自身の抱く妄想によって勝手に傷つくというフロイトの奇妙なエディプス・コンプレックス理論によって生じた盲点だと思われる。そのために、大人が子どもを虐待するという事実を、彼らは無意識に回避してしまっていたことを示唆している。

最後の一文に書かれたことは、より重要である。シュレーバーは、サディストにしか見えないような狂った人物であるにもかかわらず、多くのドイツの親が、その教育法で子どもを育てたのである。そしてミラーの本が示しているように、このような恐るべき教育法、ミラーの言葉では「闇教育」を推奨したのは、シュレーバー一人ではなく、それどころか、近代ヨーロッパの伝統となっていたのである。

ミラーは、ナチズムがこういった「闇教育」の帰結であったと考えた。闇教育は非常に一般的なものであるが、ヒトラーとその支持者の世代が子どもだったころは、シュレーバーらの影響もあって、特別にひどい教育法が蔓延していたのである。

ミラーの明らかにしたところによれば、アドルフ・ヒトラーは三歳か四歳くらいから、父親アロイスにひどくぶたれて育った。彼の父親は家庭内で絶対的な権力者であり、血なまぐさい支配者であった。アロイス自身は、私生児であり、父親が誰かわからなかった。五歳で生母と別れ、貧困のなかで暮らし、その生物学的な父は小金持ちのユダヤ人である可能性が高かった。これらのことすべてが彼の心を傷つけた。そのためにアロイスは、自分の子ども時代の屈辱と痛みとを、アドルフに引き受けさせようとする強迫に支配されていたのである。

アドルフは理不尽な激しい暴力の繰り返しのなかで育ち、ついに、どんなにひどくぶたれても、決して痛みを外に表さないようにする決意をした。そしてその次に父親に打たれたときに、一打ちごとに父親と共に数え上げてみせた。そして母親に「お父さんは僕を三二回もお打ちになったよ」と誇りで顔を輝かせながら報告した、という。彼はこうして、自らの身体の被った痛みと屈辱とを、意識下へと抑圧したのである。

ミラーはこの父親の折檻による精神的外傷が、ヒトラーの破壊活動の根源になっていると指摘する。

> 父親の折檻の精神的外傷を忘れるため、この息子はありとあらゆることをした。彼はドイツの支配階級を隷属させ、大衆を味方につけ、ヨーロッパの諸政府を彼の意図のもとに屈服させた。彼はほとんどかぎりない力を手にした。しかし、夜、眠っている間、無意識が幼い子ども時代の経験を思い知らせるとき、彼は逃れようがなかった。彼の父親が彼を怖がらせに戻ってきて、果てしない恐怖をもたらした。（ミラー　一九八三、二二六頁。英語版によって一部修正した）

ヒトラーは不眠症に苦しんでおり、夜中に突然、悲鳴を上げて飛び起きることがあった。「あいつだ、あいつがそこにいたんだ」と叫び、唇は真っ青になり、全身から冷や汗がしたたり落ちた。そして突然、数を数え始めたのである。周囲にいた人々はまったく気づかなかったが、アリス・ミラーは、それが折檻する父親の幻影であり、数を数えたのは、三二回、打たれたときに父親とともに数え上げたエピソードの反復である、と指摘する（ミラー　一九八三、二二七頁）。

ヒトラーは、自分を折檻した父親の悪行を認識し、それを憎悪する勇気を持つことができなかった。そこで、父親から受けた屈辱と痛みとを、他の人にぶつけるという卑怯な真似をした。身代わりの人物に向けられた復讐に終わりはない。なぜなら、それは、一時的に気分を紛らわせてくれるだけであり、本来、それを受けるべき人から切り離されてしまっている限り、怒りの感情は収まりがつかないからである。かくしてヒトラーは、全世界に向けて果てしない破壊行為を繰り返すことができた。

ここでターゲットとなったのが、ユダヤ人であった。それは、彼の父親がユダヤ人の血を引いている可能性が高く、そのことを屈辱と受け止めていたからである。その憎悪と屈辱の感情が、ユダヤ人に向けて噴出したのである。ヒトラーと同じような惨めな幼年期を送った人々は、自分たちの感情のはけ口を与えられたことに喜び、ヒトラーを熱狂的に支持した。

もしアリス・ミラーの言うように、ヒトラーの侵略行動が父親による虐待の反映であるとするなら、サン＝テグジュペリがその命をかけて戦った相手の正体は、この虐待であったことになる。

☆　☆　☆

以上の議論により、以下の三つの説は有機的に統合される。

(1)ボア＝母親説

(2)ボア＝ナチス・ドイツ説
(3)見えないものを見る説

(1)のフォン・フランツの説のような単純な母親との関係は棄却されるが、この三枚の絵に描かれるボアが、親による子どもの虐待と関係していることが示された。その意味で(1)は継承される。
次に、(2)の塚崎説のような単純なナチス・ドイツとの関係は棄却されるが、アリス・ミラーによれば、親による子どもの虐待の極端な集積が、ヒトラーとその支持者とを生み出し、全世界に対する破壊活動に帰結した。その意味で(1)と(2)とは直結しているのである。そして言うまでもなくサン＝テグジュペリは、ナチスとの戦いに二度にわたって従軍して命を落としたのであり、彼の晩年の作品のすべては、この戦いと関係している。それゆえ、(2)のテーマが暗示されていることは、実に自然なことである。

最後の(3)は、アリス・ミラーのいう虐待の連鎖と関係している。アドルフ・ヒトラーの父親のアロイスは、自分自身が子どもの頃に受けた理不尽な暴力を認識することができず、それが強迫となって、アドルフへ果てしない暴力を加えた。アドルフもまた、アロイスから受けた理不尽な暴力を認識することができず、その怒りを全世界に向け、ユダヤ人を徹底的に迫害した。

このような連鎖は、自分が受けた暴力を認識することができなくなっていることで生じるのである。このとき、本質的なものは何であれ、目には見えない。

という言葉は、キツネの詭弁とはまったく違った意味を帯びる。本質的なもの、つまり自分自身が迫害されたという事実、が目に見えなくなっている状態にあると、その人は強迫に振り回される卑怯な人間になってしまう。それゆえ、虐待の連鎖を断つには、本質を見抜く勇気が必要なのである。

モラル・ハラスメントは、このような心性を背景として生じる。それは一枚目の絵のような雁字搦めの束縛状態である。そしてその状況自体は、外側から見れば何事もないように見える。「帽子がどうして怖いの?」というわけである。しかし、実際にはその帽子は危険なボアであり、しかもその胃袋のなかでは象が溶かされている。この事実を見抜くには、やはり勇気が必要である。

外部から見ている者自身が、何らかの形でモラル・ハラスメントを受けていると、この事実は見えなくなる。なぜなら、帽子がボアであることを認めた瞬間に、自分自身がボアにのみ込まれて溶かされつつある、という事実を受け入れねばならないからである。往々にして人は、その事実を受け入れられない。なぜなら、親から与えられたはずの「愛」が、実は偽物であって、本当は「虐待」であった、という事実に直面するのが恐ろしいからである。

アリス・ミラーは、世界がこのような虐待の連鎖によって埋め尽くされていることに、人類の危機の本質を見た。逆に、子どもを守ることが、世界を救うことになるのだ、と主張した。

言うまでもないが、『星の王子さま』の主題は、子どもの持つ真実を見抜く力、である。この主題については本書ではこれまで触れてこなかったが、実は、モラル・ハラスメントは、このテーマと密接に関係しているのである。バラと王子とキツネとの関係を主軸として展開される地獄のモラル・ハラスメントは、子どもの持つ真実を見抜く力によってはじめて、打破しうるからである。

6　X将軍への手紙

サン＝テグジュペリは一九四三年六月に、モロッコのアメリカ軍基地から、X将軍に宛てて手紙を書いた。この将軍は現在ではシャンブ（Chambe）将軍であることが知られているが、この人がどういう人かは、この際、どうでもよい。この手紙は結局のところ投函されず、サン＝テグジュペリの死後に発表された。

『星の王子さま』の出版が一九四三年四月であることを考えると、この手紙と『王子』との関係を考えるのは不適切ではない。実際、私には密接な関係があるように思える。そこでこの章では、『星の王子さま』の私の解釈と、「X将軍への手紙」とが、どの程度整合しているかを見ていきたい。なお、「X将軍の手紙」は Saint-Exupéry（1982）をテキストとして使用して私が翻訳した。本章でのこの文章からの引用は、（X p.337）というように原著のページで表記する。

☆　☆　☆

高實康稔は、「サン゠テグジュペリ『X将軍への手紙』の『特異性』について」という論文（高實　一九九三）のなかで、この手紙が「時代に対するサン゠テグジュペリの憎悪と悲しみ」を顕にしているものだ、として次のように指摘した。

この憎悪と悲しみは、崇高な「論理と倫理」からすれば意外性を禁じえないものであるが、今日われわれがこの事実を知りうるのは、戦場の「手記」ともいえる「X将軍への手紙」(1943) を彼が書き残してくれたおかげである。もしもこの「手紙」が書かれなかったならば、サン゠テグジュペリに対する理解は、常に不動の快活・信頼・希望を貫いた悲劇の英雄でしかなかったであろう。

『星の王子さま』をここまで述べたように理解している私にとっては、サン゠テグジュペリが「不動の快活・信頼・希望を貫いた」という認識自体が驚きである。そして同時代への憎悪と悲しみとを露呈したこの手紙は、実に自然に感じられる。むしろ、この手紙と「王子」以外の作品に対して私は、ある種のやせ我慢のようなもの、無理して快活に振る舞っているような感じを受けている。

この手紙のなかでサン＝テグジュペリが憎悪している「時代」とは、次のようなものである。

今日の人間は、その属する階級に従って、ブロットかブリッジで、大人しくさせておくことができます。我々は驚くほど見事に去勢されているのです。だからこそ、我々は自由なのです。手足をまず切断されてから、歩く自由を与えられます。私はこの時代を憎悪します。そこで人間は、「普遍的全体主義」のもとで、温和で礼儀正しく大人しい家畜になっています。それを、道徳的進歩だと思い込まされているのです。（X p.380）

ブロット（la belote）とブリッジ（le bridge）というのは、共にトランプのゲームである。この手紙を最初に日本語訳した渡辺一民の註釈によれば「フランスでは、ブロットは主として庶民のあいだで、ブリッジは中流以上の人たちのあいだでおこなわれる」というものであるらしい（サン＝テグジュペリ 一九六二、二二四頁）。それゆえ、庶民にはブロットを、中流以上にはブリッジをさせておけば、大人しくなる、というのである。

「我々は驚くほど見事に去勢されているのです。だからこそ、我々は自由なのです」というのは、ブロットとブリッジとで大人しくさせておけるくらいに腰抜けなので、それゆえにこそ自由にさせてもらっている、ということである。昔の人はそう簡単に大人しくしなかったが、今では放っておいても大人しくしている。それは「去勢（châtrer）」されたに過ぎないというのに、人々は「道徳的進歩」だと思い込んでいる。このように人間が家畜化していることが、現代という時代の特徴だ、とサン＝テグジュペリは考えており、それを憎悪しているのである。

言うまでもないが、この描写は、ここまで繰り返し説明してきた、モラル・ハラスメントの被害者の描像に一致している。彼らは、虐待者に操作され、自分は自由意志に基づいて行動している、と思い込まされているが、実際には都合の良いように利用されている。ここでサン＝テグジュペリが「普遍的全体主義（totalitarisme universel）」というのは、全世界に蔓延しているモラル・ハラスメント的な体制のことだ、と理解すべきである。それはナチズムを含む、より普遍的な構造であり、合衆国やフランスやイギリスも例外ではない。

それゆえサン＝テグジュペリは次のように言う。

> しかし、合衆国はどこへ行くのでしょう。そして我々もまた、どこに行くのでしょう。この普遍的機能主義（fonctionnariat universel）の時代に？　ロボット人間、シロアリ人間、ブドー式システムの鎖に繋がれた仕事と、ブロットの間とを、行き来する人間。その創造的能力をまったく去勢され、村の祭りで踊りや歌を創作することもできなくなった人間。干し草で牛を養うように、既成品の文化・規格品の文化で養われる人間。それが今日の人間なのです。
>
> （X p.380）

ブドー式というのは、これも渡辺一民によれば、「シャルル・ブドー（一八八八～一九四四）の発明した労働合理化方式。労働者の時間をその方式にしたがって分類し、かれがもっとも能率をあげうるような時間割をつくることにその眼目がある」という意味である（サン＝テグジュペリ1962、p.221）。「普遍的機能主義」の代表として、このフランス流のフォード・システムのようなものが挙げられている。現代の人間は、この方式で管理された工場で鎖に繋がれたようにして働き、夜はブロットをして、既成品を充てがわれておとなしくする。人間はもはや、そういった去勢された牛のような生き物に成り果てた、とサン＝テグジュペリは見ている。

もちろん、これは最初の段階なのです。フランスの子どもたちの世代を、ドイツのモレク（le moloch）の胃袋に放り込む、という考えはまったく受け入れません。存在そのものが脅かされているのですから。しかし、それが救済されたとき、それこそが我々の時代のものである、根本的な問題が提起されます。それは人間の意味の問題なのです。答はまったく示されておらず、私は世界が最も暗い時代に向かって進んでいるという印象を持っています。（X pp.380-381）

モレクというのは、『小学館　ロベール仏和大辞典』によれば、聖書に出てくるカナンの地で崇拝された異教の神であり、子どもが生贄とされた、という。ドイツのモレクとはナチスのことであり、サン＝テグジュペリはもちろんドイツと戦うようにフランス人を鼓舞し、アメリカに参戦を促し、そのために自らも戦場へ赴いているのである。

しかし彼は、フランスがドイツから解放された暁にこそ、真の問題が提起される、と考えている。それは「人間の意味（le sens de l'homme）」の問題である、という。彼は来るべき勝利の後に事態がさらに悪化すると予想しており、それゆえ「世界が最も暗い時代に向かって進んでいるという印象」を抱くのである。

もし革命の癲癇の危機が百年も続くのであれば、戦争に勝つことに何の意味がありましょう。ドイツの問題が遂に解決されたとき、真の問題のすべてが提起され始めます。一九一九年のように、アメリカの株式への投機が、終戦に際して、人間をその真の心配事から注意をそらせしめるに十分だ、ということはほとんどありえません。（X pp.377-378）

サン＝テグジュペリは、問題の本質が人間の崇高なる創造性が失われ、大人しい家畜へと堕落することだ、と考えていた。フランスがドイツに占領されているという事態でさえ、それに比べると小さな問題に過ぎないのである。来るべき終戦後、アメリカの株式への投機が煽られることになるとサン＝テグジュペリは予想しているが、それでさえ、この真の問題から注意を逸らせるための手段に過ぎず、それでは人々の気づきを誤魔化すことはできない、という。なお、stock というフランス語は「在庫」とか「保有高」とかいう意味で、「株式」という意味はないのだが、それではこの部分の意味が通じない。「アメリカのストック（les stocks américains）」となっているので、〝stocks〟をアメリカ語として解釈した。

では、その「真の心配事」とはどういう問題なのであろうか。

ああ、将軍。問題はひとつ、この世界にたったひとつしかありません。人間に魂の意味を回復させること。あの魂の渇望。グレゴリオ聖歌のようなものを、人々の上に、雨のごとく降らせること。（X p.337）

なお、ここで「魂の意味」と訳した〝une signification spirituelle〟を「精神的意味」と、「魂の渇望」と訳した〝Des inquiétudes spirituelles〟を「精神的不安」と訳すこともできるのだが、それは相応しくない。なぜなら、キリスト教徒がミサで祈りを捧げ、グレゴリオ聖歌を聴いて得られるはずのものは、「精神的不安の解消」ではなく、「魂の癒やし」のはずだからである。それゆえ、この手紙に出てくるspirit-という単語は、すべて「魂」と訳すべきだと考える。

このような魂の不安、魂の無意味化は、次のような事情で生じている。

ロボットによるプロパガンダの声しか残っていません（失礼）。二〇億の人々は、もはやロボットしか聞こえず、ロボットしか理解しません。彼らはロボットになっています。この三〇年にわたるきしみのすべてには、二つの源泉しかありません。十九世紀の経済システムの行き詰まり。魂の絶望。（X p.337）

「魂の絶望」は〝Le désespoir spirituel〟である。この手紙は一九四三年に書かれているので、ここ三〇年というのは一九一四年の第一次世界大戦の勃発以降の時代を指している。注目すべきは、経済システムの行き詰まりとは別に、魂の絶望が、きしみの源泉（sources）として挙げられている点である。この魂の問題は、経済の問題とは別に生じているとサン＝テグジュペリは考えているのである。

この魂の問題こそが本質であり、それを解決することこそが、何よりも優先する。それは次のようにして解決される。

問題はたったひとつしかありません。それは知性の生よりも更なる高みに、魂の生がある、ということを再発見することです。人間を充足させる唯一のもの。それは、宗教の生の問題を包摂しています。後者は前者の一形態に過ぎないのです（もっとも、おそらく前者は必然的に後者に至るでしょう）。（X p.337）

ここで「知性の生」と訳したのは、〝la vie de l'intelligence〟であり、「魂の生」は〝une vie de l'Esprit〟である。

ここで言っているのは、知性を越えるばかりか、いわゆる宗教をも包含するところに、彼が「魂」と呼ぶものの作動があり、それが人類の普遍性を担保している、ということである。彼は、「知性の生」を越えた次元に「魂の生」を見ており、その土壌の上で必然的に「宗教の生」が成立する、と考えていたのである。

そして、宗教がさまざまの形態をとるとしても、「魂の生」はすべての人間に普遍的である、と考えていたはずだ。それゆえにこそ、真闇で敵に呼びかけて「飼いならす」という行為が可能になる、と信じていたのである。これが彼の楽観主義の基盤であったと私は推定する。

この思想から私は、ヴィットゲンシュタイン『哲学的探求』の次の章を思い出す。

241［対話者は言う。］「それでは君は、人間における一致が何が正しく何が誤りであるかを決定するのだ、と言うのか？」――［ウィトゲンシュタインは言う。］正誤は、人間が言う事である、そして、言語ゲームに於いて人間は一致する。この事は、言語ゲームに於いて人間は、意見が一致するという事ではなく、生活の形式が一致するという事なのである。（ルートヴィヒ・ウィトゲンシュタイン、黒崎宏訳・解説『『哲学的探求』読解』産業図書、一九九七、一七二頁）

ヴィットゲンシュタインは「生活の形式」の一致によって、言語ゲームが成り立つと考えていた。そして彼はそれを「神秘」としてとらえていたのである。サン＝テグジュペリの「魂の生」はこれに相応する。

ではこの「魂の生」とは一体、どういうものかというと、別に難しいものでも何でもない。サン＝テグジュペリは次のように説明する。

そして、ある対象がそれを構成する物質を超えて眺められるとき、魂の生は始まります。家を愛すること――アメリカ合衆国では考えられない愛です――は、すでに魂の生なのです。また、村祭や死者の供養（これを挙げたのは、私がここに来てから数人の落下傘兵が死んだのですが、その死体が隠されてしまったからです。彼らは死んで用済みとみなされたのです）――これらが失われているのは、アメリカのみならず、この時代においてどこでも見られる現象です。人間はもはや生きる意味を見失っています。（X p.337）

「死者の供養」と訳したのは、〝le culte des morts〟で、culte は「崇拝、崇敬、礼拝、尊敬、愛着、宗教、信仰、儀式」というような意味であるが、仏教用語の「供養」のフランス語訳としても使われるので、これを取った（『小学館　ロベール仏和大辞典』）。というのも、村祭りと並んでいるので、それと同質の意味だと考えるのが合理的だからである。

「魂の生」とはつまり、幸福に暮らしている人間であれば、自分の村の祭り、亡くなった先祖や家族や友人への供養などの日常生活の折々に感じる自分の家への愛着といった、普通の感情の作動のことである。これはまさに「生活の形式」と呼ぶにふさわしい。それが失われていっていることに、サン＝テグジュペリは恐怖していた。

アメリカ軍の基地を「おそろしい人間の砂漠（ce terrible désert humain）」と描写したあとにサン＝テグジュペリは、「私は、経験したことのない時代のために、《病気》になっています」と言っている（X p.376）。彼は、人間の素朴な魂の作動がどんどん失われ、商品の消費やサービスの享受によって代替される時代を恐れていたのである。「人は、冷蔵庫、駆け引き、ブロット、クロスワードパズルで生きることはできません、そうでしょう！」（X p.377）。

サン＝テグジュペリはこういうことを、昔から考えていたのではない、という。それは一九四〇年秋に自ら参戦した負け戦の敗走により、部隊と共に北アフリカに移動し、そこから帰還した際に気づいたことであった。そこでサン＝テグジュペリは、ガソリンがなくて自動車が使えず、幌付き馬車（la cariole à cheval）に乗ったのである（X p.375）。

馬車の窓から見た世界は、飛行機や自動車の窓から見た世界と、まったく異なっていた。時速一三〇キロで等間隔にすっ飛んでいく街路樹のかわりに、その本来のリズムで成長するオリーブの木々と出会ったのである。本物の糞をする羊に、羊に食われる草に出会ったのである。この驚きをサン＝テグジュペリは、それらは、再び、生命を取り戻した。(Ils redevenaient vivants.)

と端的に表現している(X p.375)。

そして私は生き返ったように感じました。(中略)そして、私の人生を通じてずっと馬鹿者であった、と思ったのです。(X p.376)

このときサン=テグジュペリは、世界との接触を回復し、飛行機に乗ったり、文章を書いたりして、文字通り世界を飛び回っていた間の自分が「馬鹿者であった」と気づいたのである。そしてそれが、自分一人ではなく、全人類の大半が、同じような状況に陥って、世界との接触を失っている、と認識した。

今日の人間を存在へと、事物へと結びつける愛の繋がりは、まったく柔らかさがなく、まったく濃密さを欠いており、そのため、その不在をかつてのようには感じないのです。(X p.379)

人間は、自分自身が世界との繋がりを失っていることにすら、気づかなくなっている。この世界との関係の欠如の無自覚こそが、この世界の唯一の問題なのである。

この離縁の時代には、同様の安易さで事物と分かれていきます。冷蔵庫は買い換えることができる。そして家もまた、部品の集積であるゆえに。そして女も。そして宗教も。そして政党も。人はもはや不実であることさえもできません。一体、何に不実でありうるでしょう。どこから遠く、そして何に不実なのか。人間の砂漠。（X p.379）

人間がとり結ぶすべての関係性の希薄化により、人間は不実であることすらできなくなったのである。

そこでサン＝テグジュペリは、繋がりの回復を訴える。その繋がりは、目に見えない。

文明が目に見えない繋がりであるのは、それが事物全体に関係しているからではなく、事物のひとつひとつをつなぐ見えない繋がりに関係しているからであって、それ以外ではありえません。（X p.380）

人間と事物との繋がりの希薄化はサン＝テグジュペリにとって、文明そのものの消滅である、と認識されていたのである。

☆　☆　☆

以上が「X将軍への手紙」でサン＝テグジュペリの描いたことである。もう一度、整理しておこう。

彼は北アフリカから帰還し、飛行機や自動車を降りて馬車に乗り、それまでの自分が「馬鹿者」であったことに気づいた。何が馬鹿であったかというと、自分と世界との繋がりが切れていたことに、気づかなかったからである。

このことに気づいた彼は、同時代の文明が危機に瀕していることを見出した。なぜなら、文明とは人と事物、人と人との目に見えぬ繋がりによって出来上がっているというのに、多くの人が、かつてのサン＝テグジュペリと同様に、その繋がりが切れていることに気づかないでいるからである。

どうして気づかないのかというと、それは社会全体がモラル・ハラスメント化しているからである。人々は、ボアに呑みこまれながら、大人しくしている象のようになっている。手足を切断されて、歩けなくなってから、どこにでも歩いていく自由を与えられ、それで満足している。ブドー式の管理工場で働き、働いていないときは標準化された既製品を消費し、ブロットやブリッジをして過ごしている。空虚で、幸福など感じることができなくなっているというのに、そのことにさえ気づかないでいる。

かくしてサン＝テグジュペリは、たとえドイツに勝利したとしても、その先にはより暗い世界が待ち構えている、と怯えた。これはとんでもない人間の砂漠である、と。

それゆえ、なさねばならぬことはただひとつ、魂の生を回復することである。それは、特別なことではなく、村の祭りや、亡くなった人への供養といった、日常生活でのよろこびや悲しみの感覚を回復することである。等間隔ですっ飛んでいく街路樹が、ゆたかに成長するオリーブの木々であることを認識することである。

このことを訴える手紙を書いたサン＝テグジュペリはしかし、末尾付近で次のように述べる。

> 私は、なんのためにこんなことすべてをあなたに話しているのか、だんだんわからなくなっています。おそらく、誰かある人に、言いたいのでしょう。なぜなら、こんなことを言う権利は、私には少しもないからです。他人の平和を促進すべきであって、問題をもつれさせてはいけません。今は、我々は軍用機の会計係を機上で務めるのが良いのです。（X p.381）

軍用機の会計係を機上で務めるというのは、サン＝テグジュペリの若かりし頃の古き良き飛行機とは違って、彼の搭乗していたP38ライトニングの操縦は、もはや会計帳簿を操作するようなことになっていたからである。

サン＝テグジュペリは、「魂の生の回復」などを将軍に訴えたところで、単に人を混乱させるだけであって、何の意味もないことを、書いている最中に悟ってしまった。それよりも大人しく軍用機を操縦していたほうがましである。そのように考えて、結局、彼はこの手紙を投函しなかった。

☆
☆
☆

『星の王子さま』でサン＝テグジュペリは、「魂の生の回復」の回答を見出していた。それは「グレゴリオ聖歌のようなものを、人々の上に、雨のごとく降らせる」などといった、曖昧なものではなかった。その回答とは、子どもの魂を守ることである。大人の見方を子どもに押し付けるのではなく、子どもの目を大人が回復することである。

しかしなぜかサン＝テグジュペリは、この手紙ではそのことに言及していない。それはおそらく、彼自身が、このことを意識の上では十分に信じられていなかったからではなかろうか。子ども向けの物語として書くことで彼はこの回答を書くことができたのだが、大人として大人に手紙を書くときには、そのことは意識に上らなかったのである。

これがおそらく、前章で述べたサン＝テグジュペリの「盲点」であると私は思う。つまり彼は、無意識でその回答を摑みながらも、意識ではそれを摑み損なっていた。そこが盲点となっていたからである。

しかしサン＝テグジュペリは、その無意識の導きを大切にして、踏み潰したり無視したりせず、ひとつの物語へとまとめあげた。それこそが彼の偉大さである。

☆　☆　☆

イスラエルの偉大な軍事思想研究者アザール・ガット（Azar Gat）は、『ファシストと自由主義者との戦争観（*Fascist and Liberal Visions on War*）』という優れた本の中で、ファシズムの本質を次のように指摘した。

すなわち、ファシズムは、平民主義的で自由主義的で個人主義的で商業主義的で凡庸さに寛容な都市的大衆的産業化社会への反発として生まれた。彼らは社会を分断する議会主義、資本主義、社会主義に反対し、共同体的統一によるその解決を、民族的伝統や神話や思想を動員して実現しようとする。ただ、それを復古主義的な手法ではなく、新技術を用いて行うのである。そのために彼らは、機械・技術を高度に利用し、官僚・専門家によって支配される全面的に組織化された効率的な社会を目指す。（Gat 1998, p.4, p.6）

かくしてファシズムは、オカルト的なイメージと、自動車・飛行機などの先進的機械のイメージとのアマルガムとして成立する。彼らは特に、飛行機が大好きである。

> 飛行機は、時空の支配を、人間の自然に対する支配と白人による世界の占拠の大幅な拡大を、約束した。それは新しい時代のとてつもない潜在性へと、うやうやしく案内してくれそうであった。(Gat 1998, p.47)

飛行機の力によって共同体を統合する、という倒錯した雰囲気がファシストの本質を表現する。ヒトラーもムッソリーニも、航空機のイメージを常に活用した。

ガットは両大戦間期において、ファシスト政治運動と飛行機・自動車との間に密接な関係のあったことを指摘する。機甲化軍による電撃戦を考案したイギリスのフラー(J.F.C. Fuller)、戦略爆撃を考案したイタリアのドゥーエ(Giulio Douhet)、アメリカ空軍の父ウィリアム・ミッチェル(William Mitchell)といった、機械化戦争の推進者は、ほとんど例外なくファシストであるか、ファシズムに親近感を示した。

それればかりか、G・H・ウェルズ、T・E・ローレンス(『アラビアのロレンス』)、ヘンリー・フォード、チャールズ・リンドバーグ、トーマス・エジソン、フランク・ロイド・ライト、ル・コルビジェといった、新しい技術を活用あるいは賞賛した人々もまた、ファシズムに親近感を示したのである。たとえばフォードについてガットは次のように指摘している。

フォード自身はファシストのイタリアに親近感を示し、ナチのドイツとよい関係を取り結んだ。これらの国々で彼は賞賛され、そのことで彼の評判は高められた。第二次世界大戦がヨーロッパで始まると彼は、アメリカの参戦を阻止するための孤立主義的協会「アメリカ第一（America First）」の指導的メンバーとなった。その一方で、戦争の間ずっと、彼の工場は自動車、航空機、船舶、その他の兵器を戦争継続のために大量に生産し、フォードはアメリカの産業軍国勢力の同義語にまでなった。

これらすべてのことは何を示しているのだろう。フォード自身は決してファシストではなく、ここで論じる他の大物たちも、そうである。しかし、特に中西部アメリカの農村ノスタルジー、民族的ポピュリズム、進歩主義、技術の賞賛といった要素は、ファシスト的雰囲気や思想と共鳴していたのである。これらのゆえに、フォードや同様の人々は、少なくとも海外のファシスト体制に対して、同情的ではないにしても、親近感・同感を示すことになったのである。(Gat 1998, p.107)

さらには、バートランド・ラッセルのような人物でさえ、時には次のようなフラーやドゥーエのような発言をした。

我々は現在、飛行機のために、比較的少数の高度に訓練された人々からなる軍隊を必要とするように逆行しつつあるように見える。かくて、政府の形態は、深刻な戦争に晒される国はどこでも、飛行家が好むようなものになるものと予想される。それは民主主義ではなさそうである。(Edgerton, D., *England and the Aeroplane*, London 1991, p.46, 49; Gat 1998, p.78 より再引用)

このような風潮のなかで、大きな例外はウィンストン・チャーチルとベイジル・リデル＝ハートであった。チャーチルは熱狂的な空軍増強論者でありながら、徹底的に反ファシズムであった。リデル＝ハートは、フラーと並ぶ電撃戦の考案者であるが、彼は最後まで自由主義を貫いた。リデル＝ハートについては安富（二〇〇六）の第4章で、彼がなぜ自由主義者で在り続けたのかを論じているので、興味のある方は、そちらを参照していただきたい。

さて、ガットは、この問題を論じた箇所で次のように述べている。

これは、ヨーロッパ各地で、何度も何度も出くわす結論である。すなわち、新しいファシストの時代を期待する者は、航空機と飛行とに最も熱狂しているのである。両大戦間期フランスの最も有名な飛行家兼小説家、アントワーヌ・ド・サン＝テグジュペリは、彼の友人の多くをファシズムへと導いた魂の切望（spiritual yearning）を共にしていたにもかかわらず、この症候群を抜けだした。彼の「苦難、義務、訓練、犠牲の規律は、ファシストとしての飛行家の典型の嫌疑を与える」とされてきた。しかしそれでも、彼の空飛ぶ機械の概念は本質的に、「クリスチャン、平和主義、人間主義」の方向で発展したものである。(Gat 1998, p.78)

実を言うと、私がサン＝テグジュペリに興味を抱いたのは、一〇年ほど前に、この文章を読んだからであった。

確かに『夜間飛行』はファシストへの親近感を感じさせる作品である。たとえばステイシー・シフはやや遠回しに次のように書いている。

数年後、ファシズムの影が広がったとき、義務感に取りつかれた南アメリカ航路の支配人(リヴィエールのこと――安富)は、はるかに危険なものの宣伝であるかのように見えたかもしれない。(シフ　一九九七、二二八頁。一部原文により修正)

シフはこれに続けて「とはいえ、一九三一年の時点で、サン＝テグジュペリの書いたことに罪はなかったのだ(In 1931, however, Saint-Exupéry could do little wrong.)」と弁護しているが、罪の有無は別にして、このような印象を与えることに間違いはなかろう。

また、「X将軍の手紙」でも、「魂」に頻繁に言及し、村落共同体の精神への親近感を示し、近代的商業主義、消費主義、大衆社会への嫌悪感を露骨に示している。にもかかわらず、サン＝

テグジュペリだけは、ファシストにならなかった。

なぜ彼だけ、ファシストにならなかったのだろうか。私はその理由が、サン＝テグジュペリが、『星の王子さま』で明示したように、「子どもの世界」を保持していたことにあると考える。ではなぜ彼はこの世界を失わずにいられたのであろうか。

彼のどの伝記も、彼が早くに父親を失いながら、しかも男の子を嫌うかなり厄介な祖母ド・サン＝テグジュペリ伯爵夫人の城に住みながら、また学校で厳しい闇教育にさらされながら、それでも母親や家政婦に徹底的に守られたことを示している。母親との関係は、過剰なまでに密接で、マザーコンプレックスを感じさせはするが、それでも母親が幼児期の彼を守ろうとしていたことは、間違いないであろう。私は日本語で出版されている伝記的記述をかなりひっくり返してみたのだが、どこにも児童虐待の被害者となった痕跡を見出すことができなかった。

たとえばステイシー・シフの『サン＝テグジュペリの生涯』には次のように書かれている。

親戚中の誰もがサン＝テグジュペリ家の子どもたちは甘やかされすぎていると思っていた。確かに彼らはしつけが行き届いておらず、母親より厳しくしようとする者には大人しくしていなかった。（五〇頁、原文により一部修正）

これは、虐待を受けた子どもには決してできないことである。彼の姉のシモーヌは次のように回想している。

「アントワーヌは想像力豊かで、意志が強く、いつでも自分の思うようにしていました」（四六頁、原文により一部修正）

シフは母親について次のように書いている。

マリー・ド・サン＝テグジュペリは、我々が思う母親の手本が具現化したような女性だった。気配りと思いやりそのもので、彼女の知恵はある種理屈を越えていた。それは、善なるものを慈しみ、養い、維持する知恵であった。（四八頁、原文で一部修正）

伝記作家は偉人の子ども時代を過剰に「幸福」と描写し、その母親を「すばらしい女性」だった、と持ち上げる傾向にあるものだが、どれだけ割り引いたとしても、マリーは子どもに深刻なハラスメントを仕掛ける母親とは思えない。少なくとも、アドルフ・ヒトラーの育った暴力的で陰惨な家庭とは、その空気がまったく対照的である。

母親との関係よりも強く、純粋に彼を支えたと思われるのが家政婦との関係である。彼が一番親しんだのはモワジーあるいはマドモワゼルと呼ばれたマルグリット・シャペイである。ポール・ウェブスターは『星の王子さまを探して』のなかで、次のように述べている。

モワジーは、無理解な大人たちを相手に戦う男の子たちの味方で、アントワーヌが尻をぶたれそうになると自分のベッドのしたに隠してくれたりした。彼女は家政婦というよりは子守女だった。夜、アントワーヌは彼女の部屋に忍びこんでワインに浸した角砂糖をご馳走になることがあった。

彼女はリンゴのように真っ赤な頬をした典型的な田舎娘で、リヨンの製糸工場で一日一〇時間働くという過酷な経験ののち、サン＝モリス城に身をよせてメイドとして働きはじめた。城に来る親戚の大人たちは金儲けや不動産や宗教の話しかしなかったが、モワジーは子どもたちに野の花の名前を教え、彼らをつれてジャムにする果実をつみに出かけた。

モワジーは華奢で小柄な女だったので、アントワーヌはたちまち彼女より背が高くなり、彼女を楽々と抱き上げて揺さぶりながら、自分の好きな献立にしてくれるよう頼むようになった。モワジーが生涯の夢を実現して、生まれ故郷のドローム村に小さな家を買ってからは、アントワーヌのほうが彼女の守り神になる番だった。サン＝テグジュペリは彼女に家の維持費を送り、一九三九年の総動員の直前まで、できるだけしょっちゅう彼女を訪問した。

ふたりは共通の思い出をなつかしみ、モワジーが大事にしまっていたサン＝モリス城の写真の入った箱をあけて、いっしょに宝探しを楽しんだ。（ウェブスター一九九六、二八－二九頁）

また、別の家政婦についての『戦う操縦士』の次の一節も私は重要だと感じている（Saint-Exupéry 1942, pp.134-135）。

私の最も古い記憶？　チロルから来たポーラという名の家政婦がいた。いや、それは記憶でさえなく、記憶の記憶である。ポーラは、私が五歳になったときには、我が家の玄関広間で、すでに伝説でしかなかった。何年ものあいだ、新年の頃に、母は私たちに「ポーラからの手紙が来たよ！」と言った。私たち子どもには、それは大きなよろこびだった。しかしなぜそんなにうれしかったのだろう？　私たちのうち誰も、ポーラを覚えていなかったというのに。彼女はチロルに帰っていた。つまりチロルの彼女の家に。雪に埋もれた測候所のような様式の家。そして晴れた日には、ポーラは門のところに姿を見せる。どの測候所でも見られるように。

「ポーラってかわいいの？」

「うっとりするほど」

「チロルっていつも天気がいいの？」

「いつもそうよ」

チロルはいつも天気がいい。ポーラは測候所から、外の雪でできた芝生に、遠くまで行った。私が字を書けるようになると、ポーラに手紙を書かされた。私は次のように書いた。「ポーラさんへ。あなたに手紙が書けてとってもうれしいです……」それは少しばかり祈りの文句のようだった。なぜなら私はポーラを知らなかったのだから……

なぜ子どもたちはそんなに嬉しかったのだろう。それは、ポーラがこの上なく優しい人だったからではなかろうか。その庇護がこの上なく心強く、安心できたからではないだろうか。先ほどのシフの伝記には次のように書かれている。


ド・サン゠テグジュペリ婦人と上の二人の娘は一階を住居とし、四階は下の子どもたちと住み込みの世話係の領域であった。ポーラというオーストリア人が、この印象深い二年間にわたって世話係を務めている。アントワーヌは小さい頃から我が強かった。四階の窓には、夜中に屋根へ出たりしないように格子がはまっていた。この階では逃げまわる足音が絶えず、特に入浴時間になると、ポーラや後任の世話係は、スポンジを手に、大声をあげながら裸で逃げ回るトニオを必死に追いかけなければならなかった。

金色の巻き毛で「太陽王」と呼ばれていたアントワーヌは、絶対的権力の最初の行使を試

みていた。玉座もあった。大事にしていた小さな緑色の椅子である。（シフ　一九九七　四四頁、原文で一部修正）

緑の玉座に陣取った絶対君主アントワーヌ・ド・サン＝テグジュペリは、ほんの小さいころに二年間、ポーラの世話になったのだ。彼は、その時のことを、記憶としては失っていても、身体は覚えており、それゆえポーラの手紙が嬉しくてたまらなかったのであろう。

『戦う操縦士』のポーラの記憶の場面は、崩壊しつつあるフランス軍の理不尽な命令に従って、危険極まりない偵察飛行をサン＝テグジュペリが行うところに出てくる。しかも低空飛行によりドイツ軍の猛烈な対空砲火を浴びる緊迫した場面である。彼はその砲火をくぐり抜けるあいだじゅう、ポーラの記憶を語り続け、無事に通り抜けて目的地に接近したところで次のように言う（Saint-Exupéry 1942,p.142）。

絶大な庇護を受けているという感覚を取り戻すために、私は記憶を幼児期にまでさかのぼったのだ……。全能のポーラがその手を持ってしっかりと庇ってくれている少年に対して、誰が何を為しえようか。ポーラ、私はあなたの陰を以て盾としたのだ……。

この最も危険な場面に全能のポーラ（Paula toute-puissante）が現れて、彼を庇護し、勇気を与えるエピソードは、サン＝テグジュペリがどのような幼年期を過ごしたかをはっきりと示している。それはヒトラーの絶望的な幼年期とは正反対であった。彼がファシストにならなかったのは、モワジーやポーラのお陰だったのではなかろうか。

7 おとなの人・バオバブ・羊

6章までの議論により、私の抱いている『星の王子さま』の像は、ほぼ説明された。それゆえここで話を終えてもよいのだが、ここまで無視してきたいくつかの要素について、何も言わずに終わるのは、落ち着かない感じがする。そこで本章で、それらの要素をまとめて手短に議論する。ここでとりあげるのは、「おとなの人」「バオバブ」「羊」である。

最初に論じるのは、「おとなの人（grande personne）」である。具体的には、「星めぐり」に出てくる小惑星の奇妙な住人と、地球で出会う転轍手、薬商人である。

☆ ☆ ☆

「星めぐり」は大変人気のある箇所で、ここを本書の山場と見る人も多い。私もまた、ハラスメントについて考える以前、好きだったのは、この箇所であった。

この部分に出てくるおとなの人が、どういう連中であるかについては、もはや多言を要しないであろう。ここに描かれる王様、うぬぼれ屋、呑みすけ、ビジネスマン、点灯夫は「X将軍への手紙」に言うところの「人間の砂漠」の住人である。彼らの共通の特徴は、世界とのつながりが切れていることである。

王様は、王子がやってきたのを見て「家来だ」と認識する。何を支配しているのか、と聞くと「すべて」を支配している、という。

王様は、「合理的な命令」しか下さない。「合理的な命令」とは、すでに起きていること、起きるに決まっていることを命令することである。

王子があくびをしたら、「あくびせよ」と命令し、王子が座りたいといったら「座れ」と命令する。星々にも命令するが、それは星の運動の通りにのみ命令する。王子が立ち去ると「立ち去れ」と命令して、大使に任命する。

王様の支配するすべてには、星の運行も含まれているというので、王子が夕暮れが見たい、というとすぐに星に命令を下す。但し、夕方になるまで待て、という条件が付く。

このような合理的命令のみを下すことにより、王様は恒等的に、世界のすべてを支配している

ことになる。結局のところ、彼の命令と世界の運動はまったく無関係である。

うぬぼれ屋は、王様に比べれば少しだけマシである。というのも、彼は自分に拍手してくれるように王子に頼み、拍手してあげると面白い動作をするからである。この部分だけ、世界との関係が生じている。

しかし、彼は王様と同じように、王子が来ると「称賛者が来た」と勝手に認識する。自分がこの星で一番立派だ、ということを確認してもらうことだけが生きがいである。しかも、それは彼の星にはうぬぼれ屋ひとりしかいないのだから、それは恒等的に成り立っている。ということは彼もまた、世界とまったく無関係なのである。にもかかわらず、彼はこの星で一番美しく、おしゃれで、金持ちで、知的であることを、称賛されねばならない。

呑みすけは少し違っているが、やはり世界と切れている。彼が酒を呑むのは、忘れたいことがあるからである。何を忘れたいのかというと、恥ずかしいことを忘れたいのだという。王子が、何が恥ずかしいのか、と聞くと、「酒を呑むのがさ！」と言うのである。つまり彼は、酒を呑むのが恥ずかしく、それを忘れるために、酒を呑んでいる。これはまったくの自己循環運動であり、これは世界がどうあろうと何の関係もない。これが彼の存在形態である。

ちなみに私は、この種の循環関係というものが、世界や生命を理解する上で、決定的に重要だ、ということを、さまざ

まの著作で述べてきた。この種の循環運動が学生時代からずっと気になってきたのだが、よくよく考えてみると、この問題にはじめて出会ったのは、『星の王子さま』の呑みすけと王子との対話であった。私はこの呑みすけから、大きな恩恵を受けてきたのである。

ビジネスマンもまた、世界と無関係に作動している。彼がやっているのは星を数えて記録し、その書類を銀行に仕舞い込むことだけである。

そうすると何か利益が生ずるらしく、それで星を買って記録し、また仕舞い込む、という自己増殖運動をやっている。彼がいくら働いても星にはなんの影響もない。彼もまた、見事に世界とのつながりが切れている。にもかかわらず彼はものすごく忙しい。五〇年以上にわたって、休みなく計算や記録を続けている。王様と違ってビジネスマンは「支配」せずに「所有」しているのだという。しかしその所有は、王子がスカーフや花と取り結んでいるような相互関係性を欠いている。

王子は、「この人の論理は呑みすけみたいだ」とつぶやいている。ビジネスマンの無意味な所有の自己増殖運動が、呑みすけの自己嫌悪の自

己増殖運動と、同じ構造をしていることを、サン＝テグジュペリは明確に認識していたのである。

この二人は共に依存症に陥っている。依存症というのは、何らかの有益な行為を行うと、脳の中で快感をもたらす回路が作動し、その行為を促す、という脳の基本的な性質に関係している。この回路を、薬物の摂取などのお手軽な行動によって刺激することに成功すると、お手軽に快感が得られる。しかし、脳はこの行為が繰り返されると、耐性が生じて快感を減らすようにできているので、同じ快感を得続けるためには、より多く、より強く、刺激を必要とするようになる。こうしてますます、その行為にとり憑かれていく。依存症のこの自己増殖性は、ビジネスマンに代表される資本主義の自己増殖性と、本質的な関係がある、と王子は感じているのである。

その次の星で出会った点灯夫は、「おとなの人」のなかでは、ほんの少しだけマシである。というのも彼が街灯をつけたり消したりするたびに、星の見え方が変わるからである。本来、彼は意味のある仕事をしていたのである。

しかし、世界が「ブドー式」になってしまい、彼の仕事は意味を失った。そうして一分に一度、つけたり消したりする、というまったく意味のない作業に忙殺されるようになり、人生の意味を奪われてしまったのである。

この労働者階級を象徴する人物に王子は明らかに同情的である。とはいえ、そんな無意味な命令に唯々諾々と

して従うことによって、他の人々と同様に、世界とのつながりを失っている。

それでも去り際に王子は、次のように述懐する。「しかし、この人は、私が滑稽だと思えない唯一の人だ。それはおそらく、自分自身とは別のものに関わりを持っているからだろう」。この文章の原文は次のとおりである。

C'est, peut-être, parce qu'il s'occupe d'autre chose que de soi-même.

〝s'occupe de...〟は、『小学館 ロベール仏和大辞典』によれば、

①（仕事など）に専念する、携わる。
②（特定の人、物事）にかかわる、関心を抱く／を引き受ける／の世話をする。
③［学問などが］……を扱う、対象とする。

という意味である。この文では、de のあとは、〝autre chose que de soi-même〟となっている。「自分自身とは別のもの」という意味である。

となると、①や③の意味だと「自分自身とは別のもの・に専念する、を扱う」ということになるが、これでは意味が通じない。というのも、たとえばビジネスマンは、自分自身とは別の星に

専念し、星を扱っているので、点灯夫と本質的な違いがなくなる。

それゆえ、②の「にかかわる、関心を抱く、を引き受ける、の世話をする」を採用せねばならない。これなら、「自分自身とは別のもの・にかかわる、の世話をする」となるが、ビジネスマンは星と関わってもいなければ、星の世話もしていないので、街灯と関わり、街灯の世話をしている点灯夫と、本質的な違いが生じる。

つまり、点灯夫がほかの「おとなの人」と違っているのは、ほんの少しばかり、それも奇妙で不合理な形であるとはいえ、世界との関わりを保っている、がゆえである。明らかにサン＝テグジュペリは、世界からの分断、という点を、厳しく批判しているのである。

最後の地理学者は、ずいぶんと立派な星に陣取っているが、彼もまた世界との関係が切れている。王子は、この星に大洋はあるの、山はあるの、町とか河とか砂漠はあるの、と聞くのだが、地理学者はどの質問にも一貫して、「そんなことは私にはわからない」と堂々、返事をするのである。

どうして自分の星のことすらわからないのかというと、自分は地理学者であって冒険家ではなく、しかも、「私のところには、冒険家がまったく不足している」からだ、というのである。「町や、河や、山や、海や、大洋や、砂漠を数えに行くのは、地理学者の仕事ではない」。

そういった世界との関係をとり結ぶ行為は、「冒険家」にお任せであり、地理学者は、彼らから話を聞いて記録するだけである。「永遠の真理」というようなものにとらわれることで、具体的に作動し変転する世界から切り離されてしまっている。

念のため、「X将軍への手紙」からの一節を再掲しておく。「星めぐり」で描かれているのは、まさにこのような世界である。

しかし、合衆国はどこへ行くのでしょう。そして我々もまた、どこに行くのでしょう。この普遍的機能主義（fonctionnariat universel）の時代に？　ロボット人間、シロアリ人間、ブドー式システムの鎖に繋がれた仕事と、ブロットの間とを、行き来する人間。その創造的能力を全く去勢され、村の祭りで踊りや歌を創作することもできなくなった人間。干し草で牛を養うように、既成品の文化・規格品の文化で養われる人間。それが今日の人間なのです。（X p.380）

星めぐりは、このような世界への警告として書かれたと考えるべきであろう。

☆　☆　☆

さて、この星めぐり以外に、地球で王子は、二人の「おとなの人」と出会う。一人は第22章の転轍手（l'aiguilleur）である。この人物は「星めぐり」の人々に比べると、奇妙さがほとんどない。彼は列車のポイントを切り替える仕事を普通にやっていて、王子とスムーズに話をしている。

　ここであげつらいの対象となっている「おとなの人」は、転轍手ではなく、特急列車の乗客である。あちらから来たと思えばこちらからやってくる特急列車を見て王子は、乗客は何かを探すために急いでいるのか、と問う。すると転轍手は、特急列車に乗っている人々は、自分自身、何を探しているのかわからないのだ、と言う。そして、窓に鼻を押し付けている子どもたちだけが、何を追いかけているのか知っているのだ、と指摘する。

　つまり、どういうわけか転轍手は「おとなの人」ではないのである。彼の世界観や王子との対話のあり方は、むしろ飛行士に近い。このエピソードは、その後の展開にもほとんど関係がない。第25章の冒頭で井戸にたどり着いた王子が「人々は、特急列車に乗り込むけれど、何を探しているのかまったくわからない。彼らは、忙しく動き回りながら、堂々めぐりしている……それには及ばない」と突然言う。この言葉の前提として第22章が必要なのだが、この言葉は、物語の展開と何の関係もない。

　どうして唐突にこういう人物が現れるのか、なぜ現れねばならなかったのかは、物語そのものに即して考える限り、理解しがたい。考えられるのは、この転轍手の言葉が、この物語を読み解く上でのヒントになっている、ということであろう。その要点をまとめれば、次のようになる。

イ　人々は自分が何を求めているのか、知らない。

ロ　誰もが、自分の居るところが気に入らないので、移動している。
ハ　みんな、疾走する列車の上で眠っているか、あくびをしている。
ニ　子どもたちだけが何を求めているか知っており、彼らだけが幸運である。

これらの論点は、本書を読む上で確かに助けとなる。

まずイとロであるが、言うまでもなくこれは、彼が危惧する普遍的機能主義の時代の様相である。さきほど再掲したX将軍の手紙の「ブドー式システムの鎖に繋がれた仕事と、ブロットの間とを、行き来する人間」という表現は、特急列車で無目的に行ったり来たりする人間と重なる。

また人々が何を求めているのかわからなくなっているのは、「干し草で牛を養うように、既成品の文化・規格品の文化で養われる人間」に堕落しているからである。人間が本当に満足できるのは自らの創造的能力を発揮することによってであるが、普遍的機能主義の時代の人間は、「創造的能力をまったく去勢され」ているために、それができないので、何を求めてよいやら、皆目見当がつかない。

そして、人々は、自分が暴走する特急列車に乗っていることにさえ気づいていない。「X将軍の手紙」の以下の部分がそれに対応している。


私はこの時代を憎悪します。そこで人間は、「普遍的全体主義」のもとで、温和で礼儀正し

く大人しい家畜になっています。(X p.380)

人々が大人しく、眠ったりあくびをしたりしている間に、特急列車はとてつもない速度で、どこかわからないところへ進んでいく。その恐怖をサン＝テグジュペリは、まざまざと感じており、どこかに書き込まずにいられなかったのであろう。

そしてさらに、おそらくはサン＝テグジュペリ自身意図していないと思うが、イとロとが、王子自身にも当てはまっていることに注意すべきである。

王子は、何のために旅をしているのか、何を探しているのか、皆目わかっていない。彼は自分の星にいたたまれなくなって放浪しているのであるが、なにゆえに飛び出してしまったのかさえ、わからないでいる。そして、むしろ、何のために旅をしているのかを知るために、旅をしている、という状態である。これは、ハラスメント被害者の精神状態を的確に表現しているように私には見える。

それを「解明」してみせるのが砂漠のキツネである。「バラ」への罪悪感に起因する責任を果たすことが王子の使命であり、その使命に気づくために、旅をしている、ということになる。こうして王子は破滅へと追い込まれる。それは、破滅へと向かう普遍的全体主義の時代そのものへの警告でもある。

薬商人は第23章というわずか3パラグラフの短い章に出てくる。一粒飲むと一週間も水を飲みたいと思わなくなる、というわけのわからない丸薬を売っている。なんのためにそんな薬が必要なのかというと、一週間で五三分の時間の節約になるからだ、という。そんな薬を飲めば、水分不足で死んでしまうことが確実であるから、薬商人は転轍手と違って、奇妙なことをしている「おとなの人」である。

この人物も、その後の展開とほとんど関係がないので、一体、何のために出てきているのか、よくわからない。そういう馬鹿げた薬は、ブドー式やフォード式のシステマティックな職場において、ベルトコンベヤーの傍らに立って作業し続けるには便利であろうから、これもまた、普遍的全体主義・機能主義の時代への警告なのであろう。

☆　☆　☆

バオバブは『星の王子さま』で重要な役割を果たすアイテムである。そもそも、サン＝テグジュペリが最も力を入れて描いたのが三本のバオバブの絵だというのであるから、その重要性は明らかである。

バオバブの危険性についてサン＝テグジュペリは飛行士の口を借りて次のように述べる。（第5章）

そして確かに、小さな王子の惑星には、いかなる惑星もそうであるように、よい草とわるい草とがある。したがって、よい草のよい種と、わるい草のわるい種がある。しかし、種は目に見えない。その一つがふと目を覚ます気になるまで、種は地中深くに眠っている……それから種は、最初はおずおずと、太陽のほうへと、無害そうで見事な小さい芽を伸ばす。もしそれが大根やバラの芽であれば、それが伸びたいようにさせておけばよい。しかし、それがわるい植物であれば、気づき次第、すぐにその植物を根こそぎにせねばならない。さて、王子の惑星にとって恐ろしい種が、バオバブの種なのである。その惑星の土には、バオバブの種がはびこっている。もし手をつけるのが遅すぎると、決して取り除くことはできない。それは惑星のすべてを占領してしまう。根で星に穴をあける。もし惑星があまりに小さく、バオバブがあまりに多いと、惑星を破裂させてしまう。

そうして飛行士は、怠け者が放置し

て、三本のバオバブに占領されてどうしようもなくなった星の絵を懸命に描いた。それは、バオバブの危険性が、あまりにも知られておらず、飛行士自身も長らく気づいていなかったからであり、それを人々に知らせるためであるという。そして彼は、「子どもたちよ、バオバブに注意せよ！」と呼びかける。

さて、このバオバブは、一体、何を意味しているのであろうか。この点についてたとえば、ポール・ムニエ『「星の王子さま」が教えてくれたこと』（藤野邦夫訳、ランダムハウス講談社、二〇〇七年、五八―六〇頁）は次のように述べている。

どんな星にも、いいタネとわるいタネがあり、それにあわせて、いい草とわるい草があります。それとおなじく、どんな人にもいいタネと、いい草があります。人には才能、長所、能力、価値、素質がいりくんでいて、貴重な個性となっています。わるいタネとわるい草のほうは、不安定さ、不安、欠点、限界、自己中心的な傾向などでしょう。

無気力さ、なまけ心、だらしなさなどにぶつかると、わるいタネのひとつぶが目をさまします。そうなると、野獣のような始末におえないものが暗闇からでてきて、現実的な力をもつようになり、いい草との争いまでおこります。たりないところ、不完全さ、欠点などが表面にあらわれ、大きな顔をして広がります。わるい草を見つけたら、すぐにひっこぬかないと、こんなふうになってしまいます。

おそらく、『星の王子さま』の記述を表面的に受け取ると、こういう解釈になるのではないか、と思う。

しかしこのような考え方は、モートン・シャッツマンの言うシュレーバー流の「魂の殺人」の思想的基盤と同じものである。シャッツマンが引用するシュレーバー教育の基本理念は、次のようなものである。

人間の本性の高貴な種は、その純粋さのうちに、ほとんど自らみごとに発芽するものである。ただしそれには、劣悪な種、雑草を見つけ出し、遅れることなく破壊せねばならない。これは情け容赦なく、精力的に行わねばならない。子どもの性格のうち、誤ったふるまいや欠陥が、勝手に消えてしまうのではないかと期待して、警戒を緩めるのは危険な、しかしよくある誤りである。精神の欠陥のうち尖ったへりや角は、あるいはいくらか鈍くなるかもしれないが、放っておけば、根は深く埋め込まれたままに残り、毒のある衝動をもって奔放に生い茂り、かくて生命の高貴な樹は、そのあるべき成長を妨げられる。子どもの誤ったふるまいは、大人になると深刻な人格的欠陥となり、悪辣と下劣への道を開く。……子どものうちに、余計なものをすべて抑圧し、遠のけておくことで、子どもが自らの習慣とすべきことに向けて、辛抱強く導き、子どもの勝手にさせておかないようにせよ。(シャッツマン　一九七五、三二-三三頁から一部修正して再引用*3 [Schreber, D.G.M. 1858, p.140])

シュレーバーはこのように考えて、あの数々の不気味な教育器具を開発し、自分の子どもの人格を破壊したのである。息子のシュレーバーはおそらく、この理念を身体化し、自分自身を自分自身で見張り、わるい草が生えたらすぐに破壊する姿勢を身につけ、それによって発狂した、ということになる。

シュレーバーのような人物をシャッツマンは、「パラノイア誘発者(paranoidogenic person)」と呼ぶ(シャッツマン　一九七五、一七九-一八〇頁 [Schatzman 1973, pp.122-123により一部修正])。

パラノイアの状態を他人に惹き起こす人を、パラノイア誘発者と呼ぶことにしよう。私が信じるところでは、そういう人は、自分自身の存在のある可能性を責め、またそれによって責められていて(この場合、能動と受動は区別しがたい)、それを悪と見なし、他人の〈なか〉のそれを破壊しようとしている者である。そのレシピは次の通りである。

—自分自身の一部、「あれ(That)」をわるい(または、狂っている、いやらしい、不純な、汚い、危険な、など)と見なす。

――「あれ」を破壊しなければ、自分自身が「あれ」によって破壊させられると恐れる。

――「あれ」が自分の一部であることを否認することによって、「あれ」を破壊する。

――否認を否認し、何かを否認したことを否認し、否認の否認を否認する。

――他の人のなかに「あれ」を発見する。

――他の人のなかの「あれ」を破壊しなければ、それが他の人または自分を破壊すると恐れる。

――「あれ」が見出された他の人を破壊することになるとしても、彼のうちにある「あれ」を破壊する手段を講ずる。

＊3　念のため原文を引用しておく。
The noble seeds of human nature sprout upwards in their purity almost of their own accord if the ignoble ones, the weeds, are sought out and destroyed intime. This must be done ruthlessly and vigorously. It is a dangerous and yet frequent error to be put off guard by the hope that misbehavior and flaws in a child's character will disappear by themselves. The sharp edges and corners of one or the other psychic flaw may possibly become somewhat blunted, but left to themselves the roots remain deeply imbedded, continuing to run rampant inpoisonous impulses and thus preventing the noble tree of life from flourishing asit should. A child's misbehavior will become a serious character flaw in the adult and opens the way to vice and baseness.... Suppress everything in the child, keep everything away from him that he should not make his own, and guide him perseveringly toward everything to which he should habituate himself. [Quoted by Schatzman]

シュレーバーの父親は、最高のパラノイア誘発者だ、とシャッツマンは指摘する。先に引用したポール・ムニエは、このパラノイア誘発者のメカニズムを真正面から肯定している。これはまさにファシストまたはファシスト誘発者の思想である。

もしバオバブの逸話をこのように解釈するなら、サン＝テグジュペリがファシストだという批判を受け入れねばならない。しかし前章の議論から明らかなように、それはありえないことである。

一方、塚崎（一九八二、一三－一八頁）が三本のバオバブを、ドイツ、イタリア、日本の枢軸国を指す、と主張したことは、有名である。しかし、すでに見たように彼の議論は多くの詭弁を含んでおり、そのままでは受け取りかねる。それに、サン＝テグジュペリがこの本を書いた段階では、ドイツとイタリアと日本とは、すでに猛威を振るっており、その危険性は誰の目にも明らかであった。誰も気づいていないから必死で訴える、という飛行士の言葉と、整合していない。この点について水本弘文（二〇〇二、五八－五九頁）は次のように指摘している。

『星の王子さま』の執筆の中心時期は一九四二年であり、一九三九年から始まった第二次世界大戦は四年目に入っていました。この時期、アメリカも含めて世界の主要な国々は連合国側と枢軸国側に分かれて苛酷な戦いを繰り広げていて、日独伊の脅威はすでに現実になっていたのです。

パイロットの友人たちというのが子どもたちや、ドイツ軍に自国を制圧されたフランス国民、それに日独伊と戦う連合国側の人々を指すのであれば、彼らが日独伊というバオバブの危険性に気づかず、「知らないで危ないめにあいかけている」というのはもはや考えにくい状況です。

そして木本は、サン＝テグジュペリが暗示したのは、単に具体化したファシズムの脅威ではなく、もっと普遍的なものではないか、と指摘する。そして次のように主張する。

敵に対する憎悪や侮蔑そして恐怖。それらの感情が自分のなかで育つのに疑いを持たず、肥大するままにしたときには、気がつくと思いもよらぬ残虐な自分が生まれているかもしれません。正義を口実に無慈悲に他人を攻撃し、弾圧し、人の運命を自分の手で左右する喜びに酔う人間になっているかもしれません。いちいち挙げると切りがないくらい、バオバブはいくらでも見つけることができたはずです。（水本　二〇〇二、六三頁）

つまり、バオバブとは、ファシズムに帰結するような、我々の心に巣食う憎悪・侮蔑・恐怖といった感情だ、というのである。

木本の主張は、一見したところ、ごもっともである。しかしその論理構造は、シュレーバーが言っていることと、何ら変らない。パラノイア誘発者のメカニズムに出てくる「あれ」に、「敵に対する憎悪や侮蔑そして恐怖」を代入しただけだからである。このメカニズムそのものがファシズムを産むのであれば、「あれ」にどんな立派な概念を代入しても、結果は同じことになる。

ではバオバブとは一体、何を意味しているのであろうか。

ここでパラノイア誘発者のメカニズムから抜け出すために重要なことは、バオバブを自分の内面的な何か、とみなさないことである。そう思ってしまうと必然的にパラノイア誘発者に成り下がる。

私はバオバブが、このパラノイア誘発者のメカニズムそのものを指しているのではないか、と考える。このメカニズムを見ればわかるように、自分のなかの「あれ」を破壊しようとする者は、他人の「あれ」をも破壊しようとする。そうして誘発者に「あれ」を破壊されてしまった者は、パラノイア誘発者になってしまう。シャッツマンの「能動と受動は区別しがたい」という指摘は、こういう側面にも及んでいる。吸血鬼に血を吸われたものが吸血鬼になるように、パラノイア誘発者に「あれ」を破壊された者は、自らもパラノイア誘発者となる。この自己増殖ダイナミクスのゆえに、パラノイア誘発者はあっという間に世界を覆ってしまう恐れがある。パライノイア誘発者は、バオバブのように急速に拡大し、惑星を破滅させかねない。

最も効率的なパラノイア誘発者は、親である。なぜなら子どもは親の暴力に対して極めて脆弱だからである。こうして親子間で虐待が連鎖する。それが社会の悪の根源だというのが、アリス・ミラーの思想である。

そしてサン＝テグジュペリは、「X将軍の手紙」で述べているように、戦争に敗北してガソリンがなくなり、仕方なく馬車に乗った日に、このことに気づいたのである。ナチスの振り回す単純で明快な暴力ばかりではなく、アメリカ合衆国の文化に代表されるような、人間の家畜化・砂漠化という、深刻な見えない暴力の連鎖が、社会を覆っていることに。サン＝テグジュペリは、この誰も気づいていない危機に恐れおののいていた。

子どもに対する大人の押しつけという目に見えない暴力によって生じる、世界とのつながりの欠如。それによって生じる人間の砂漠。人間が足を砕かれた上で、どこにでも歩いていく自由を与えられる世界。

それは人間の意味の問題なのです。答はまったく示されておらず、私は世界が最も暗い時代に向かって進んでいるという印象を持っています。（X pp.380-381）

この問題が、彼がつい最近まで気づかずにいた、そして多くの人がまったく気づいていない危機であったことを踏まえると、これこそが「バオバブ」だと考えるのが順当だと私には思える。

しかし、それでもまだ謎が残っている。なぜバオバブの絵が特別に立派なのか、という問題である。この問にストレートに応えるのは難しいが、私はバオバブの存在構造が二重になっているように感じる。

危険で悪辣なはずのバオバブの絵は、どの絵よりも立派に描かれている。単に立派なだけではなく、その絵は、随分と生気に満ちている。バオバブの生えていない、乾燥しきった王子の星に比べて、こちらのほうが美しく見えるのである。それゆえ飛行士は、どうしてこの絵が特別に立派なのか説明する必要に迫られる。

私はここで謎に包まれて、不思議な気分になった。そこから「バオバブって、一体、なんだろう」という問が生まれたのである。おそらく、大抵の読者も、ここで引っかかるのではなかろうか。

最初に私が考えたことは、この立派な生命力に溢れた三本のバオバブの木が、「魂の生」そのものを表現しているのではないか、ということであった。というのも、パラノイア誘発者が感じる「あれ」とは、サン＝テグジュペリが「X将軍への手紙」で書いた「魂の生」のことだからである。彼らは、外部的な規範を自分や他人に当てはめ、そこからはみ出すものを「あれ」と認識する。そして「魂の生」を踏みつぶして、記述可能な何かに置き換えてしまおうとする。これをシステマティックに徹底的に暴力的に実行したのが父シュレーバーである。

このようなシュレーバー的観点からすると活き活きとした「魂の生」こそは「あれ」の代表である。「あれ」を象徴するバオバブは、わるい、狂っている、いやらしい、不純な、汚ない、危険なものである。

そうすると、バオバブの芽を丹念に摘み取る王子の行動は、パラノイア誘発者的だ、ということになる。それは王子自身が、バラのモラル・ハラスメントに簡単に掛かってしまうような弱虫であることと、整合している。そしてこのような気づきの手がかりを与えるために、あの絵が描かれた、ということになる。

このように考えるなら、バオバブこそが「生命の木」だということになる。それは、バオバブが「パラノイア誘発者のメカニズム」を象徴している、という解釈と矛盾する。この意味でバオバブは、矛盾する正反対の二つのものを同時に象徴しているのである。

この矛盾は、おそらく、すでに述べた「飼いならす」の二重性に対応していると考えられる。つまりサン＝テグジュペリは、真闇で敵に向かって橋を架ける勇気ある「飼いならす」と、王子とバラとの関係を示す「飼いならす」とを混同してしまった。それに対応して、「魂の生」を象徴するバオバブと、「パラノイア誘発者のメカニズム」を象徴するバオバブとを二重写しにしてしまったのではないだろうか。そしてこの矛盾によって、この作品は、さまざまに解釈できる多様性を含み込み、文学作品としておそろしく魅力的になったのである。

☆　☆　☆

同様の謎が、「羊」についても見られる。羊は本筋とほとんど関係ないというのに、妙にページ数を食っている。これはなぜなのであろうか。

羊の存在は、実は、深刻な構造的問題をはらんでいる。藤田義孝（二〇〇八）はこの点について、重要な指摘をしている。この羊は、物語の筋を合理的・一元的に解釈できないようにする「罠」のような役割をしている、というのである。

羊は実のところ、この書物のなかで、一度も描かれておらず、出ているのは出来損ないの羊の絵ばかりである。飛行士が首尾よく描いたのは箱であり、王子がそれを覗きこんで、中に羊を確認した、というのが唯一の存在の手がかりである。羊がこのように、「お話のなかの虚構」という二重の虚構性を帯びている点が、重要なのである。

さて『星の王子さま』という物語のなかでは、飛行士が王子に、本当に出会った、という設定になっている。この設定をとりあえずは受け入れない限り、読者は物語のなかに入っていけない。そしてこの設定を受け入れるなら、王子は物語のなかに実在する。しかしその実在を認めたとしても、物語のなかで箱だけが描かれた羊は、実在しない。これは動かしがたいことである。つまり王子と羊とは、実在性の水準が異なるのである。

ところが飛行士は、第27章で次のように言う。

ところが、ひとつ大変なことが起きた。私が小さな王子に口輪を描いてあげたときに、革紐を付けるのを忘れたのだ。王子は、彼の羊に口輪を付けることが絶対にできなかったはずだ。

そしてそれから私は心配している。彼の星では何が起きているのだろうか。たぶん、あの羊が、あの花を食べてしまった……

これは飛行士が、実在性の水準の異なる王子と羊（とその口輪）とを、混同していることを意味する。

さて、読者が飛行士の主張する「王子の星への帰還」という物語を信じ、王子は自殺したのではなく、バラの元へと帰ったのだ、という「ハッピーエンド」だと解釈したとしよう。すると、大きな問題が生じる。そのためには飛行士が描いた口輪や羊と共に、王子は星へと帰った、と理解せざるを得ない。それは、星へ帰った王子の存在もまた、羊と同レベルの二重の虚構となることを意味する。すると、この物語が飛行士が本当に王子に出会った話だ、という前提を崩してしまい、読者を興ざめさせてしまうのである。

しかしこの物語に感情を揺さぶられた読者は、自分が興ざめしていることを認めないだろう。そうなると、「王子の星への帰還」という解釈を棄てなければならない。これで王子の実在性は救われるのだが、今度は「王子は自殺した」ということになり、「ハッピーエンド」が崩壊する。これは王子に入れ込んだ読者には厳しい解釈である。そこでハッピーエンドを守ろうとすると、今度は王子の実在性が失われる。こういう堂々めぐりに読者は追い込まれる。

そればかりか、もし王子が本当は自殺したのであれば、飛行士の語る「王子の帰還」がただの嘘となる。しかも同時に、描き忘れた口輪を後悔しているという話が、まったくの虚構となってしまい、飛行士はもはやただの嘘つきか妄言者となり、語り手としての信頼性を失う。そうすると今度は、王子の存在そのものが、やはりまったくのホラ話であった、ということになる。

そうなると、「王子も、羊も、同レベルの虚構である」つまり「所詮はいい加減なお話に過ぎない」という完全な興ざめ覚悟の解釈を受け入れざるを得なくなる。この場合に問題になるのは、なぜ飛行士は、こんな虚構を延々と熱心に語るのか、ということである。そして読者は、なぜ興ざめすることなく、感情を震わせているのか。ということはやはりこれは、「本当の話」なのではないか。とすると、ハッピーエンドということになるが、そうすると物語は虚構となり……。こうして物語の解釈は決定不能になってしまう。

藤田はこの構造的「罠」を解明した上で、次のように指摘する。

すると、最初に物語世界レベルの一番外側（＝物語受容レベル）にいた作者「僕」と「読み手」（抽象的読者）が、もともとの物語受容レベルの一番外側、すなわち現実世界のレベルに投影されることになる。つまり読者は、「読み手」の役割から明確に解放されないまま物語を読み終えることになるのである。（藤田　二〇〇八、三五二頁）

すなわち羊は、物語構造を捻れさせ、そのことによって虚構と現実との区別を曖昧化し、物語を現実世界へと溢れ出させる効果を生み出しているのだという。

実際、この罠は、物語の読後感を深める上で、絶大な効果を与えているように私は感じる。しかも、サン=テグジュペリ自身が、偵察機に乗って行方不明となり、その死体が見つからない、という現実の悲劇により、物語は現実とますます一体化した。この虚構内虚構と虚構との融合、それによって惹起される虚構と現実との融合は、確かにこの物語の魅力の重要な要因である。

そしてこの虚構と現実との関係は、「モラル・ハラスメント」という現象と深い相同性を示している。なぜなら虐待者は、被害者を情報管制下に置き、虚構を押しつけ、現実と置き換えてしまうからである。虐待者は自分自身を自分自身として受け入れることができず、自分でないものを自分と見做そうという浅ましい行為のために、被害者を自分の虚構世界に引き入れる。

この設定のなかに取り込まれてしまった被害者は「自分は幸せなはずだ」という虚構にしがみつくことになる。それゆえ、『星の王子さま』の読者が、このモラル・ハラスメントの構造に取り込まれている場合には、次のような連鎖が生じる可能性がある。

「自分は幸せなはずだ」と信じているハラスメント被害者は、「王子さまは星に帰ってバラとなんとか折り合いをつけて、幸福に暮らしているはずだ」というハッピーエンド解釈を採用しようとするだろう。そうすると、上述の虚構性の問題が生じてしまい、それを回避するには「王子は自殺した」という悲劇解釈を採用せざるを得なくなる。この転換は、「自分は幸せなはずだ」という虚構を揺さぶり、「自分もまた自殺しそうなのではないか」という思いを湧き上がらせる。

さらに、羊の引き起こす虚構と現実との境界の曖昧化作用は、モラル・ハラスメントを成立させている「自分は幸せなはずだ」という虚構を、「自分は苦しんでいる」という現実へと接続させてしまう。このような揺さぶりが生じるなら、それはモラル・ハラスメントからの離脱へのきっかけとなり得るであろう。

この羊の奇妙な存在構造は、論理学の有名な難問である「ラッセルのパラドックス」を思い起こさせる。二〇世紀のはじめにバートランド・ラッセルは記号論理学を構築する研究の過程で、「自分自身の要素でない集合」というものを考えた。

たとえば「馬の集合」を考えよう。このとき、どんな馬でも、馬であるかぎりは、馬の集合の要素である。しかし「馬の集合」は馬ではない。当たり前である。馬には乗れるが、馬の集合には乗れないのだから。かくして「馬の集合」そのものは、「馬の集合」の要素ではない。それゆえ「馬の集合」は「自分自身の要素でない集合」である。

逆の例はたとえば「集合の集合」である。「集合の集合」は、集合であるから、「集合の集合」の要素となる。これもそう言われればそうである。

それに続けてラッセルが問うたのは、

「自分自身の要素でない集合、の集合」は自分自身の要素かどうか、という問題である。

　この集合をRと呼ぼう。もし「RはRに属さない」、すなわち「Rは自分自身の要素でない」とすると、この集合は「自分自身の要素でない集合」となるので、Rに属する。これは矛盾である。逆に「RはRに属す」、すなわち「Rは自分自身の要素である」とすると、Rは「自分自身の要素でない集合」ではない、ということになるので、RはRに属さない。これまた矛盾である。

　この厄介な問題は数学者・論理学者に衝撃を与え、学問のありかたを大きく刷新した。コンピューターもまた、この運動の中から出現したのである。

　このパラドックスを回避するために、ラッセルは「タイプ理論」というものを導入した。それは単なる「集合」と、「集合の集合」とは、違う階層に属するので、両者を同等に扱ってはならない、という規則である。この規則を導入すれば、「自分自身の要素でない集合」と、「自分自身の要素でない集合、の集合」とは、階層が違うことになる。後者は前者よりも一ランク高い階層に属するのである。それゆえ「自分自身の要素でない集合、の集合」が、「自分自身の要素でない集合」の要素となることはない。かくして矛盾を回避しうる（安冨　二〇一二。ラッセルの章を参照）。

　『星の王子さま』の羊をめぐる話は、このラッセルのパラドックスと同じ構造を示している。羊は「お話のなかのお話」という階層に属しているので、これを「お話」の階層に属する王子と同等に扱ってはならないのである。サン＝テグジュペリは、この混同を意図的に行うことで、ラッセルのパラドックスを作動させた、ということになる。

またグレゴリー・ベイトソン（一九〇四年～一九八〇年）は、ラッセルのパラドックスから着想を得てコミュニケーションと人間の精神疾患との関係を研究し、「ダブルバインド理論」を提唱した。ベイトソンは、精神疾患を矛盾したコミュニケーションに対する適応的学習の結果、として理解したのである。

ベイトソンが提示した精神疾患を誘発する「レシピ」は次のようなものである（Bateson 1972, pp. 206-207）。

1 二人あるいはそれ以上の人。
2 繰り返される経験。
3 一次の禁止命令。「これこれすると、あなたを罰する」あるいは「これこれしないなら、あなたを罰する」というようなもの。
4 一次の命令よりも抽象的なレベルで対立する二次の命令。一次の命令と同様に罰や、生存を脅かす信号で強制されるもの。
5 被害者がその場から逃れることを禁止する第三の命令。
最後に、以上の構成項目は、被害者が自分の世界はダブルバインドのパターンに満ち満ちていると了解するという学習を達成したなら、もはや必要がない。

この恐るべき罠を仕掛けられて、そこに適応してしまうと、階層の区別できなくなる、とベイトソンは考えた。その区別ができなくなると、世界は矛盾と不条理とに満ちたものとなり、正常な判断は不可能になる。それが統合失調症をはじめとする、さまざまの精神疾患として表現される、というのである。

そして、先ほど引用したパラノイア誘発者の「レシピ」は同じ特性を帯びている。特に次の部分が重要である。

—「あれ」が自分の一部であることを否認することによって、「あれ」を破壊する。
—否認を否認し、何かを否認したことを否認し、否認の否認を否認する。

「あれ」が自分の一部であることを否認したところで、「あれ」を抱えた自分が存在する限り、「あれ」を否認したことそのものが、「あれ」を指し示す。それゆえ、その否認そのものを否認せざるを得なくなる。このような構造を内部に抱え込んでしまえば、世界は不条理となる。

藤田（二〇〇八）はこのように、羊の持つ特異な存在構造とその作用を解明した。しかしそれでも、この解釈では、虚構内虚構が羊でなければならない必然性は示されていない。虚構内虚構であれば、別に何でも構わないからである。

なぜサン＝テグジュペリは、羊を必要としたのであろうか。

ここで「X将軍への手紙」のなかで、馬車に乗ることで、本物の糞をする羊に出会い、羊に食われる草に出会った、と述べていることを思い出してほしい。この手紙と、『星の王子さま』との間の密接な関係を考えるとき、この一致は偶然とは思いにくい。そうであるなら、羊は「魂の生」の象徴でもある。これが「羊」でなければならぬ理由の第一である。

次に、物語の内部での必然性がある。そもそも王子は、「お願いです…。ぼくに羊の絵を描いてよ」と言って物語に登場する。王子が羊を必要としたのは、バオバブの芽を食べさせるためである。日々、バオバブの芽を抜くのは、王子にとっても面倒だった、ということであろう。しかし「羊の入った箱」を描いてもらって一旦は満足した王子は、それがバオバブのみならずバラまで食べてしまうことに気づいて、おそろしく心配になる。それで大混乱に陥って、慌てた飛行士が羊のための口輪を描くことで一件落着する。

ところが、すでに見たように、この本の終わり近くで、飛行士は羊の口輪に革紐を付け忘れたことを思い出す。そうなると羊は必然的に、バラを食べてしまうことになる、というのである。これはつまり、飛行士は、バオバブを食べさせるためという王子の要請に乗りながら、実際には（無意識で）バラを食べさせるために羊を描いた、ということになる。それゆえ、羊からバラを守るための口輪を描かされたときに、（無意識に）革紐を描き忘れたのである。

第27章ではこのあとに、いやいや、王子はしっかりバラをガラスの覆いで守っているだろう、と考えるのだが、とはいえたまにはうっかり忘れるだろうから、やっぱり食われてしまっただろう、と結論している。かくして、結局のところ飛行士は、見事に羊にバラを食べさせてしまった、ということになる。

よく考えれば、王子は別に羊など飼わなくとも、立派にバオバブの芽を取り続けていたのだから、わざわざ羊を連れていく必然性は低い。とすると王子もまた、バラを食べさせるために羊を必要としていたのかもしれない。

同書が、私の言うように、バラによる王子へのモラル・ハラスメントの物語であるなら、羊は、バラのモラル・ハラスメントから王子を救い出すために、小惑星へと送り込まれた救助隊だった、ということになる。これが「羊」でなければならない第二の理由である。そしてこの解釈は、飛行士が口輪の革紐を描き忘れた理由をも説明するのである。

さて、もしバオバブが「悪」であるとするなら、それを食べる羊は「善」である。しかしその羊が王子の愛するバラを食べるなら「悪」となる。逆にもしバオバブが「善」であるなら、それを食べる羊は「悪」となる。しかしその羊が王子をモラル・ハラスメントの罠に掛けたバラを食べるなら「善」となる。このように羊は、意味が二重に二重化しており、特別に複雑な存在なのである。

これをモラル・ハラスメントの観点から見るならば、『星の王子さま』という悲劇の物語は、驚いたことに、最後の最後のどんでん返しで、大団円を迎えていたことになる。飛行士の送り込んだ救助隊たる羊が、虐待者のバラを食べてしまって、メデタシメデタシ、なのである。

本筋と関係なさそうな羊がやたらとページ数を食っているのは、このためだった、と考えることができる。羊は、キツネを上回るほどに重要な登場「人物」だ、ということになる。

あとがき

二〇〇七年に出版した『ハラスメントは連鎖する』という本の中で私は、次のように書いた。本書は、この部分の考えを拡張し、深めたものなので、少し長くなるが、引用しておく（安冨・本條　二〇〇七、二八六－二九一頁）。

アントワーヌ・ド・サンテグジュペリの『星の王子さま』は、こうやって自殺に追い込まれるハラスメント被害者の物語である。

この書物は児童文学とみなされており、世界中で愛され、特に日本では内藤濯《あろう》によって絶妙のタイトルを与えられたことで、女性の間で絶大な人気を誇っている。

ハラスメント論の観点からすれば、この小説の主題である、王子さまとバラの関係は、女性によるモラル・ハラスメントの様相を見事なまでに描き出している。また、砂漠のキツネによるセカンド・ハラスメントの恐ろしさも、息を呑むほどである。

王子さまは、宇宙のかなたの小惑星で、ひっそりと自分のルールに従って暮らしている。おそらくは深刻なハラスメントを受けて、外界とインターフェースの接続を若い頃に切ってしまい、周囲とのコミュニケーションよりも、自分の世界に没頭することを選んだのであろう。

そこにバラの種がどこからともなく飛んできて、入念に化粧して王子さまを誘惑する。王子さまはその姿にすっかり魅了されて、「あなたはなんて美しいんだろう！」と感嘆する。

こうして王子を惹きつけたバラは、些細なことやどうでもいいことをとりあげては王子を責める。バラの目的は、どんなことであれ、間違っているのは王子さまのほうだ、と思わせることであり、良心の呵責を利用して支配することである。実際にこの手段によってバラは、王子さまにあれやこれやと世話を焼かせることに成功している。

挙句の果てに王子さまは、「つまらない言葉をまじめに受け取って、たいへん不幸になってしまった」。そして耐え切れなくなって、自分の家である小惑星を捨てて、放浪の旅に出る決意をする。

王子さまが「さようなら」を言いに行くと、バラは突然、しおらしくなって、まったくとがめだてもせず、「あたし、馬鹿だったわ」とか「お幸せになってね」とか「あなたが好きよ」とかいった言葉を連発して、王子を面食らわせる。これがバラの最後の最強の攻撃である。

地球に到達してから王子さまが飛行士に、

「あの花は本当に矛盾している」

と述懐していることから、バラが出会いの場面でも、日常でも、別れの場面でも、矛盾したメッセージを次々に送り込んで、王子さまの思考過程を混乱させて支配する、ハラスメントの手法を用いていたことは確実である。バラは、堂々たるタガメ女である。

王子さまは見事にハラスメントにかかり、逃げ出すべきではなかった、とか、バラのやさしさを見抜くべきだった、とか、自分が幼すぎてそれが理解できなかったのがいけなかった、とかいった、ハラッシーに典型的な自責の言葉を繰り返し述べている。

せっかく、ハラッサーのもとを離れた王子さまにこういった自責の念を発動させる引き金を引いたのは、地理学者である。王子さまは地理学者に、花は「はかない」から記録しない、と言われて、そのはかない彼女を置き去りにしたことを後悔してしまう。

王子さまの自責の念を強烈に刺激して、自殺に追い込むのが、砂漠に住むキツネである。

キツネはまず王子さまに、

「飼いならす（apprivoiser）」

という言葉を教える。その意味をキツネは、

「絆を創る（créer des liens）」

ことだ、という。

このすり替えはかなり悪質である。飼いならすという言葉には明確な方向性があり、「飼いならす者／飼いならされる者」という明確な立場の違いが生まれる。ところが、絆を創るという言葉には方向性はない。両者は対等である。

キツネはこれによってバラと王子さまの非対称な関係を、お互いさまだと思い込ませる。「飼いならす、という言葉を教えてもらった王子さまは、バラのことを思い出して、「一輪の花があってね……その花がぼくを飼いならしたんだ……」と言う。

バラが王子さまをハラスメントに掛けて操作したのであるから、この認識は正しい。ところがキツネは「飼いならされる＝絆をむすぶ＝飼いならす」という欺瞞的等式に基づいて、

「バラ↓王子さま」

という関係を逆転させて、

「王子さま↓バラ」

という関係にすり替えてしまう。そして別れ際に王子さまにこう宣告する。

「きみは、きみが飼いならしたものに対して、永久に責任がある。きみは、きみのバラに責任がある……」

こう言われた王子さまは、頭が真っ白になり、

「ぼくは、ぼくのバラに責任がある……」

とオウム返しをしている。

こうして王子は、バラへの責任を放棄して、自分の小惑星を離れてしまったことに対する罪悪感の爆発に苦しめられる。そして最後には、

「ぼくの花に……ぼくは責任があるんだ！」

と叫んで、自分を毒蛇に咬ませて自殺してしまうのである。

この自殺が、小惑星への帰還だとしても同じことである。自分をハラスメントにかけるバラのもとに、深い罪悪感を抱いて帰還する以上、以前よりもひどくバラに支配されることになる。そうすれば王子さまの魂は完全に死ぬ。

モラル・ハラスメントやドメスティック・バイオレンスを受けて苦しむ被害者が、耐え切れなくなって一旦は加害者のもとを離れながら、最後に加害者を捨てて逃げ出した罪悪感にさいなまれ、自らの意思で戻ってしまう悲劇的なケースが多い。王子さまの自殺が帰還であったとしても、同じように悲惨なものである。

『星の王子さま』は、バラのようなハラッサーに注意せねばならぬこと、また決してキツネのような者を相談相手に選んではならぬことを教えてくれる。

相談する相手として有効なのは、ハラスメントを抜け出した人か、そういうものから自由

な人に限られる。そういう人に聞けば、
「あなたは呪縛されている。痛めつけられている」
と言ってもらうことができる。そしてこの痛みを共感してもらうことではじめて、自分の痛みを認めることが可能になる。

この本を出版したあと、私はできるだけ早く、『星の王子さま』についての本を出版するつもりであった。この本で展開したハラスメント論に基づけば、すぐにでも着手できると考えていたからである。

しかしその後、極めて残念なことが起きた。それは同書のなかで、私がガンディーとファノンとの思想をハラスメントの観点から比較する議論を展開していたのだが、共著者が同じテーマの論文を書きながら、この本に言及しなかったのである。私は、それは剽窃に当たると考え、なぜそのようなことをしたのかとメールで問い詰めると、彼は私の研究の意義を貶める発言を繰り返し、私が言っていることは「妄想」だと、言い始めた。

私が彼の考えが誤りであることを示すはずのメールを送ると、ぱたりと返事が来なくなってしまった。そこで私は次のように書いた。

なぜまた返事しないのですか？

自分に都合の悪いことは無視して、都合の良いことだけ詳細に返事するのが東大流の議論のやり方ですが、その実演を見せてくれるつもりですか？　私の妄想の証拠を握っているのに、どうしてすぐに出さいないのですか。ゲームの切り札だから、大切にとってあるのですか？

このメールを書いたのは二〇一〇年一〇月一三日のことである。当時、私は彼を特任研究員として雇用していたのだが、このあと、彼は給料をもらいながら私への連絡を断ち、やがていずこかへと去っていった。もちろん彼には彼なりの理屈があるのだろうし、私にも何らかの非があるのだろうが、最も期待していた若い共同研究者から、このような仕打ちを受けたことは、私にとってこの上ない痛手であり、悲しみであった。

ちなみにこのメールで「東大流の議論のやり方」と言っているものが、二〇一一年三月一一日の東日本大震災と福島第一原発事故を経て、「東大話法」という概念へと発展する。彼とのやりとりは、その最初の重要なステップとなった。つまり私は、共同研究者を失うという犠牲を払うことで、研究用の貴重なサンプルを手に入れたのである。

しかしどちらに非があるにせよ、共著者の間でこのようないざこざが起きるということは、この本の理論に深刻な誤りがあることの反映だと、認めざるを得なかった。かくして私は、『星の王子さま』の本に着手することができなくなったのである。

それからさらに月日が流れてしまった。

その間に私は、コミュニケーションについての思考を再検討し、いくつかの本を書いた。そして徐々に、『星の王子さま』について本を書く用意が整っていった。しかしそれでもひとつの大きな壁があった。それはフランス語の問題である。サン＝テグジュペリの本も、イルゴイエンヌの本も、どちらもフランス語で書かれており、それを部分的にでも検討することが、どうしても必要であったのだが、私はフランス語がまったくできないのである。新しい語学を勉強する時間は、どう考えてもなく、この壁の前で私は立ち往生せざるを得なかった。

そこにさらに悲しい出来事があった。

二〇一三年六月一八日、私の大切な友人である大屋美那氏が出張先のパリで、急性骨髄性白血病のために急逝されたのである。彼女は私の大学時代からの親しい友人である大屋建（ギター製作者）の配偶者であり、その縁で知り合った優れた美術史研究者であった。

美那氏の業績については、Art Annual Online というホームページに訃報が出ていたので、以下に引用する（氏の詳しい業績については川口〈二〇一四〉参照。また *Le monde* 紙に追悼記事が掲載された〈二〇一三年六月二二日週末版一五面〉）。

大屋美那氏（美術史家、国立西洋美術館学芸課主任研究員）

日本におけるロダン及び松方コレクション研究の第一人者として活躍した大屋美那氏が6月

18日、研究渡航先のパリにて急性骨髄性白血病のため亡くなった。享年50。

神奈川県生まれ。1988年から96年まで、静岡県立美術館学芸員として「ピカソ」展（1990年）や国際シンポジウム「ロダン芸術におけるモダニティ」（1994年）を企画。この他、別館・ロダン館開館の準備にも参加した。

その後、2001年より国立西洋美術館主任研究員として、「ロダンとカリエール」展（2006年、同年オルセー美術館に巡回）、開館50周年記念「フランク・ブラグィン」展（2010年）、「手の痕跡」展（2012年）等を企画。主な論文に「松方コレクションのロダン彫刻に関する調査報告（『国立西洋美術館研究紀要』）」。著書に『印象派美術館』、『ロダン事典』等がある。2010年「フランク・ブラグィン」展で第6回西洋美術振興財団賞学術賞を受賞した。（http://www.art-annual.jp/news-exhibition/news/23654/）

彼女の職場は上野にあり、本郷から近かったので、ときどきお目にかかることができた。松方コレクションは川崎造船所の社長であった松方幸次郎（一八六五－一九五〇）が構築したものである。彼は松方正義の息子であり、私の元々の専門である近代日本経済史にとっても重要人物であるため、いつか総合的な共同研究ができないだろうか、と議論したこともあった。

私が先に引用した本を二〇〇七年に出版したとき、大屋氏に献本するとさっそく読んで、『星の王子さま』に関する部分について、「本当にそのとおり」と高く評価してくれた。美那氏はフランス語が堪能であったので、王子さまについての本を書くときには手伝ってくれるようにお願いしたところ、快諾していただいたのである。

ところが私が着手を遅らせているうちに、彼女の訃報を大屋建氏から受け取ってしまった。このメールは私が人生で受け取った最悪のメールであった。

我々の共通の友人である川上比奈子氏（摂南大学理工学部教授）は、彼女の訃報に接して、「あのたおやかな空気感にもっと触れていたかった」と述懐した。私もその通りだと、思った。そして川上氏のこのメールを受け取って私は、美那氏のあの「空気感」を思い出した。そしてそれから突然、『星の王子さま』についての本を書く気になったのである。

こうして私は遂に、この本に着手した。そして書き始めると同時に、フランス語の壁にぶち当たった。私にはフランス語を勉強している暇がなかったので、フランス語を勉強せずにフランス語を読む、という暴挙をするしかなかった。そこで私が大いに助けられたのが、「はじめに」で紹介した加藤晴久氏の二冊の本と、

Google Translation のフランス語から英語への翻訳ソフト
CASHIO, EX-word Dataplus 7　フランス語版

であった。これらの手助けがなければ、決して言葉の壁を越えることはできなかったであろう。

また、ツイッターで知り合ったスイスのフランス語圏に在住のAkemi Gobetさんに、多くの語学上の誤りを修正していただくことができた。

大阪大学文学研究科フランス文学研究室の和田章男教授は、突然、本を借りに研究室の図書室を訪れた私に親切に対応して、私の本の構想を聞いてくださった。同じ研究室の山上浩嗣准教授には原稿を見ていただき、語学上の誤りにとどまらず、内容に踏み込んだ指摘をいただいた。このお二人のまったくハラスメント性のないご対応は、大変ありがたかった。また山上氏の訳された、

エティエンヌ・ド・ラ・ボエシ『自発的隷属論』ちくま学芸文庫、二〇一三年

をいただいたのだが、この本は本書の議論とも本質的に関係しており、その偶然の一致に大変驚いた。

さらにお二人に、同研究室出身で、

『サン＝テグジュペリにおける物語形式の探求――5作品の「語り」分析を通じて』

という博士論文を書かれた藤田義孝准教授（大谷大学文学部）をご紹介いただいた。藤田氏に原稿

を読んでいただき、お目にかかって議論させていただく機会を得、多数の貴重なコメントをいただいた。氏の極めて厳格な物語分析によって炙りだされる問題設定によって、本書の分析視角の持つ意義と問題点とが、明らかになったことで、第7章を根本的に書き換えることとなった。

しかも、和田教授と山上准教授のお計らいにより、二〇一四年四月一八日に、大阪大学で本書についての研究会を開いていただき、藤田准教授のコメントをいただくことができた。まったくの門外漢にこのような機会を与えていただいて、誠にありがたく思う。

明石書店の大野祐子さんには、本書をモラル・ハラスメントの本として書く、というアイディアをいただいた。そうすることで私は「フランス語ができないくせに、フランス文学の本を書く」というプレッシャーからかなりの程度解放されて、自由に書くことができるようになった。

本書の構想はそもそも、共同研究者の深尾葉子大阪大学准教授との議論のなかから生まれた。深尾氏の書かれた、

『日本の男を喰い尽くすタガメ女の正体』
『日本の社会を埋め尽くすカエル男の末路』（共に、講談社プラスアルファ新書）

は、本書と密接に関係する問題を論じている。簡単に言えば、バラがタガメ女であり、王子がカエル男なわけである。併せて読まれることをお薦めしたい。

こうして私はようやく本書を完成することができた。ここにお名前を挙げることのできなかった多くの皆さまにも、深く感謝したい。

二〇一四年四月一八日　大阪大学にて

安冨　歩

文献

アルベレス、R・M『サン＝テグジュペリ』中村三郎訳、水声社、一九九八年

藤田義孝「ヒツジは実在するか？『星の王子さま』という儚い虚構」柏木隆雄教授退職記念論文集刊行会編『テクストの生理学』朝日出版社、二〇〇八年、三四三－三五四頁

フランツ、M－L・フォン『永遠の少年――「星の王子さま」大人になれない心の深層』松代洋一・椎名恵子訳、ちくま学芸文庫、二〇〇六年

Gat, Azar *Fascist and Liberal Visions on War: Fuller, Liddell Hart, Douhet, andother Modernists*, Clarendon Press Oxford, 1998.

Hirigoyen, Marie-France *Le Harcèlement moral: La Violence perverse au quotidien*, Presse Pocket, 2011（初版は La Découverte et Syros, Paris, 1998）

片山智年『星の王子さま学』慶應義塾大学出版会、二〇〇五年

加藤晴久『自分で訳す星の王子さま』（アントワーヌ・ド・サン＝テグジュペリ著）三修社、二〇〇六年

加藤晴久『憂い顔の「星の王子さま」――続出誤訳のケーススタディと翻訳者のメチエ』書肆心水、二〇〇七年

加藤宏幸「サン＝テグジュペリの『人生に意味を』の内容と解説（Ⅱ）」岩手大学人文社会科学部『Artes liberals』第三九号、一九八六年、八七－一〇五頁

川口雅子編「大屋美那・国立西洋美術館主任研究員業績目録」『国立西洋美術館研究紀要』一八号、五一－一二二頁、二〇一四年

小島俊明『星の王子さまのプレゼント』中公文庫、二〇〇六年
レヴィ＝ストロース、クロード『野生の思考』大橋保夫訳、みすず書房、一九七六年
ムニエ、ポール『「星の王子さま」が教えてくれたこと』ランダムハウス講談社、二〇〇七年
Miller, Alice *Am Anfang war Erziehung*, Suhrkamp, 1980.（＝山下公子訳『魂の殺人――親は子どもに何をしたか』新曜社、一九八三年〈新装版二〇一三年〉）
ミラー、アリス『子ども時代の扉をひらく――七つの物語』山下公子訳、新曜社、二〇〇〇年
三野博司『「星の王子さま」の謎』論創社、二〇〇五年
水本弘文『「星の王子さま」の見えない世界』大学教育出版、二〇〇二年
内藤濯『星の王子とわたし』丸善、二〇〇六年
サン＝テグジュペリ『サン＝テグジュペリ著作集6　人生に意味を』渡辺一民訳、みすず書房、一九六二年
サン＝テグジュペリ『サン＝テグジュペリ・コレクション7　心は二十歳さ――戦時の記録3』みすず書房、二〇〇一年
Saint-Exupéry, *The Little Prince*, translated by Richard Howard, Mariner Books; 2000
Saint-Exupéry, Antoine de, *Pilote de guerre*, Gallimard, 1942.（＝山崎庸一郎訳『サン＝テグジュペリ著作集2　夜間飛行・戦う操縦士』みすず書房、一九八四年）
Saint-Exupéry, Antone de, *Ecrits de Guerre, 1939-1944, avec la Lettre a un Otage et des Temoignages et Documents*, Gallimard, 1982.
シャッツマン、モートン『魂の殺害者――教育における愛という名の迫害』岸田秀訳、草思社、一九七五年〈新装版一九九四年〉

シフ、ステイシー『サン゠テグジュペリの生涯』檜垣嗣子訳、新潮社、一九九七年
高實康稔「サン゠テグジュペリ『X将軍への手紙』の『特異性』について」『長崎大学教養部紀要：人文科学篇』長崎大学、三三（二）、一九九三年、九一－一〇六頁
塚崎幹夫『星の王子さまの世界――読み方くらべへの招待』中公新書、一九八二年
ウェブスター、ポール『星の王子さまを探して』長島良三訳、角川文庫、一九九六年
ウィトゲンシュタイン、ルートヴィヒ『「哲学的探求」読解』黒崎宏訳、産業図書、一九九七年
安冨歩『複雑さを生きる――やわらかな制御』岩波書店、二〇〇六年
安冨歩『合理的な神秘主義』青灯社、二〇一三年
安冨歩・本條晴一郎『ハラスメントは連鎖する――「しつけ」「教育」という呪縛』光文社新書、二〇〇七年
矢幡洋『「星の王子さま」の心理学』大和書房、一九九五年

解題

大谷大学文学部准教授　藤田義孝

日本人は本当に『星の王子さま』が好きである。サン＝テグジュペリ研究の全体を見渡すと、『星の王子さま』研究の数は必ずしも多いわけではない。当たり前のことではあるが、作家サン＝テグジュペリに関する著作のほうが、『星の王子さま』という一作品に関する著作よりもずっと多いのである。西欧における文学研究の王道とは「リアリズム・大作・おとな向き」の作品研究であるため、「おとぎ話・短編・子ども向き」に分類される『星の王子さま』が、単体で本を出すような研究対象となりにくいのは当然のことであろう。

ところが、日本では『星の王子さま』を単体で取り上げた本が数多く出版されてきた。フランス語・英語・ドイツ語を中心とした西欧系言語の文献を見る限り、『星の王子さま』を単体で取り上げた書籍がこれほど集中的に出版されている国は他に見当たらない。これは、飛行士であり作家であったサン＝テグジュペリ本人に比べて『星の王子さま』という作品の知名度が圧倒的に高く、かつ多数の熱心なファンを獲得しているという日本市場の特殊性を反映した現象といえるだろう。

そこで出版されている『星の王子さま』関連の本には、作家や哲学者、心理学者、宗教者など、フランス文学の専門家ではない書き手によるものも多い。正直なところ、フランス語が読めない「門外漢」の書き手による『星の王子さま』本は、珍しくないどころか、既に確立されたひとつのジャンルという様相さえ呈している。それは、フランス文学の研究者からすれば、「また『星の王子さま』人気に便乗した本が出てきたか」と懐疑的に見てしまいたくなる対象であり、『星の王子さま』研究の網羅的な参考文献リストを作ろうとすると、その中に入れたほうがよいのかどうか、入れた方が網羅性は高まるが、逆にリストの有用性は下がるのではないかと真剣に迷うような本の数々である。

しかし、安冨歩の『誰が星の王子さまを殺したのか』は、そうした『星の王子さま』本とは一線を画した、非常にユニークな本となっている。フランス語の読めない非‐専門家が『星の王子さま』本を書くこと自体は、特に珍しくはない。珍しいのは、著者がそのことを一切隠そうとせず、しかもその上で、きわめてまっとうな研究書の執筆に正面から取り組んでいるところである。ここで私がいう「まっとうな研究書」とは、ある文学作品について、「これはどのように読みうる作品なのか」という問いを立て、ひとつの新しい読み方を提示し、その妥当性をきちんと論証する書物のことである。

そんな本書の『星の王子さま』読解におけるキーワードは、「モラル・ハラスメント」であるが、モラル・ハラスメントといえば、セクハラ、パワハラ、アカハラなどと並んでモラハラと略されることもあり、近年は特に社会的・倫理的な文脈で使われることの増えた用語という認識があるだろう。そうすると、モラル・ハラスメントという「最近の考え方」をサン＝テグジュペリや『星の王子さま』と関連づけるのはこじつけの読解であるとか、イデオロギー的な読解であるという印象を与えるかもしれない。だが、人間が人間を精神的に支配下に置くというのはどういうことか、そこから解放されて生きるにはどうすればよいのか、という形に問いを立て直すなら、モラル・ハラスメントがサン＝テグジュペリの人間論や文明論の核心に関わる問題であることが見えやすくなるのではないだろうか。サン＝テグジュペリは、人間から創造性を奪って蟻塚のシロアリのようにしてしまう現代文明社会を徹底して批判し、ファシズムと闘い抜いた作家だからである。

安冨流の『星の王子さま』読解が的外れでないことは、その指摘の正しさが証明している。とりわけ、「飼いならす」関係の非対称性など、私も含めて専門家にも盲点となっていた問題に対する鋭い指摘は、安冨歩が文学研究の専門家ではなかったからこそ可能だったのではないだろうか。さらにまた本書は、今までどんな専門家も答えてくれなかった『星の王子さま』についての疑問に、はっきりした答えと興味深い手がかりを与えてくれる。たとえば、なぜ王子はヒツジを欲しがったのか。なぜバラの棘の話で王子は激昂したのか。なぜ王子はバラに対する責任は果たそうとするのに、飼いならしたキツネと語り手「私」のことは見放すのか。長らく解明されることのなかった、こうした素朴な問いに対して、本書が初めてひとつの明確な答えを提示してみせたのである。『星の王子さま』研究とサン＝テグジュペリ研究に新しい視角をもたらした本書『誰が星の王子さまを殺したのか』は、研究者のための参考文献リストに是非とも登録すべき一冊であるといえよう。

本書が『星の王子さま』研究に具体的に何をもたらすかについては今後の詳細な検討が必要だが、ここでは特に二点だけ指摘しておきたい。

ひとつめは、先にもふれたが、『星の王子さま』の最重要キーワードのひとつとして有名な「飼いならす apprivoiser」という行為の非対称性が、本書において初めて問題として指摘された点である。『星の王子さま』の第二十一章においてキツネが説き、それを王子が理解するところに従えば、飼いならすことも飼いならされることも、どちらも「絆を作る」ことであり、主体－客体という非対称性を超越した相互関係にいたることだ、ということになってしまう。だが、安富歩が指摘するとおり、それは確かにおかしな話である。少し考えればわかることだが、「自分はAを飼いならした。つまり自分はAとの絆を作った。だから自分はAに責任がある」という論理と、「自分はAに飼いならされた。つまり自分はAとの絆を作った。だから自分はAに責任がある」という論理が同じものであるはずがない。両者が等価であるというのは明らかな詭弁である。にもかかわらず、私も含めた文学研究者は、これまでその点に疑問を抱くことはなかった。それは恐らく、キツネが、『星の王子さま』の中でもっとも有名な言葉である「肝心なことは目に見えない」といった真理を伝達する賢者のごとき存在であり、作者サン＝テグジュペリの真意の代弁者であると思いこんでいたからであろう。しかし、耳当たりよく美しい言葉で語られる「真理」にこそもっとも危険な毒が潜んでいるというのがモラル・ハラスメントの恐ろしさである。まさか、キツネの言葉にそのような毒が潜んでいようとは、いったい誰が予想できただろうか。安冨歩がキツネの詭弁に騙されることなく、「飼いならす」行為と「責任」の問題を提起したことは、『星の王子さま』研究にとって大きな貢献であると言わねばならない。

二つめは、本書が、『星の王子さま』の作中できわめて重要なヒツジの意義を、バラのくびきからの解放者として初めて明確に説明してみせた点である。『「星の王子さま」の謎』で三野博司が指摘するとおり、作中において王子はまず「ヒツジを求める声」として顕現している。質問に答えない王子から、故郷の星や地球への旅の話が引き出されたのも、ヒツジをきっかけにしてのことであった。さらに、物語を締めくくるのもヒツジのエピソードであり、そこではヒツジの実在性をめぐる問題が王子の実在性をも危うくすること、しかもそれは巧妙に仕組まれた語りの「罠」であることを、私はある論考で指摘した（参考文献の拙論参照）。つまり、王子という存在は、登場から退場にいたるまで、ヒツジと切っても切れない関係にあるのだ。『星の王子さま』という物語において、なぜこれほどヒツジが重要なのか。この素朴な問いかけに対し、はっきりと答えた者は今まで誰もいなかった。だが、安冨歩によれば、その答えは明白である。ヒツジは、バラのモラル・ハラスメントから王子を救う救助隊なのだ。

物語内の時系列で考えるなら、「私」と出会う前に、王子は既にキツネと出会って話を聞き、「僕は僕のバラに責任がある」と帰還の決意を固めていたはずである。にもかかわらず、その前に、王子にはどうしてもヒツジが必要だった。だからこそ、王子は砂漠にいた「私」という大人をつかまえ、執拗にヒツジを描けと頼んでいるのだ。では、なぜ王子にはヒツジが必要だったのか。バオバブの芽を食べさせるためというのは、実は後付けの口実に過ぎない。なぜなら、『星の王子さま』第二章でヒツジの箱の絵を手に入れた後、王子は第五章で、ヒツジが小さい木を食べるのは本当かと「私」に尋ねているからである。つまり、ヒツジの必要性はバオバブの問題に先行しているのだ。だとするなら、ヒツジの本質的役割は、やはりバラを食べること以外には考えられない。王子があれほどヒツジを求めたわけは、バオバブ退治を口実に、無意識ではバラから身を守るすべを欲していたからではないだろうか。

実は、そのように考えると、『星の王子さま』のもっと重大な問題にも説明がつくのである。そもそも、なぜ王子と「私」は出会ったのか。語り手「私」にとって、王子はまず「ヒツジ」＝「バラから救ってくれるもの」を求める声として現れた。つまり、「私」は、ハラスメントの苦しみからの救いを求める不思議な声を耳にしたからこそ、王子と出会ったのである。だが、助けを求めて「私」の前に現れた子どもを、「私」は救うことができなかった。その意味で、『星の王子さま』とは、子どもを救えなかった「私」の痛切な悔恨の物語なのである。

じっさい、子どもの救出というモチーフは、『南方郵便機』から『星の王子さま』にいたるサン＝テグジュペリの五作品すべてに認められ、『南方郵便機』と『夜間飛行』では遭難した飛行士たちが、『人間の大地』ではポーランド人夫婦の子どもに宿る神童モーツァルトが、『戦う操縦士』では砲火に晒される語り手「私」自身が、救うべき／守るべき子どものイメージで語られている。このような系譜において、王子という子どもを主人公とする『星の王子さま』は、子どもの救出というテーマをもっとも純粋に体現する作品と考えられる。だとすると、物語最後の読み手への呼びかけが、まったく新しい様相を帯びることになるのである。「悲しい私を慰めるために」すぐ手紙を書いて欲しいというのが通常の読解であり、その場合、帰ってきた王子と読み手が「私」を救うという構図である。ところが、子どもをハラスメントから救出する物語として読むなら、すぐに手紙を書いて欲しい理由は、「私」と読み手が子どもを救わなければならないからである。その場合、「すぐに」という言葉も、一度は救えなかった後悔から、今度こそ急いで助けに行かなくてはならないという救助の緊急性として説明がつくことになる。いわば、『星の王子さま』の結末は、『人間の大地』の最後に述べられる「密かに殺されたモーツァルト」を、手遅れになる前に私とあなたの力で救い出そう、という呼びかけになっているのだ。

また、私は前掲の拙論で、『星の王子さま』の語りにおいては、語り手と読み手との信頼関係の上にしか物語の真実性がなりたたないという物語成立の危うさが決定的な意味を持つことを指摘した。それを本書が提起する視点から捉え直すと、王子というハラスメント被害者、すなわち、目に見えない支配関係に苦しむ者の実在を、読み手が語り手「私」とともに認められるかどうか、という問題に置き換えることができるだろう。だとすると、物語の最後で試されているのは、見えない被害者に対する読み手の想像力と共感力ということになる。不可視の暴力の被害者に気づくことを可能にするのは、まさに我々の想像力だけだからである。

このように、本書は、『星の王子さま』の読解に新しい地平を開くものである。ただし、文学作品研究として見た場合、不満が残ることは否定できない。それは、本書の長所と表裏一体の欠点だが、通説を覆す斬新な読解であるがゆえに、説明の言葉が足りない箇所がどうしても目立つことである。通説に反するということは、それだけ「納得」までの距離が大きいのに、時に安富歩はそこをほんの一歩で跳び越えて、足の遅い我々は置き去りにされてしまう。私自身も、ラッセルとベイトソンに関する議論などは、文学論から離れており容易についていけないと感じるところである。他にも、キツネが「飼いならす」関係の非対称性を相互性に置き換えたのはなぜなのか、キツネはそもそも何者なのか、バオバブとは何なのかといった点について、もっと作品そのものに密着した視点から詳しい説明が欲しいと思う。特に、バオバブは矛盾した存在として描かれているという議論については、はたして矛盾しているのはテクストなのか、それとも読解なのかという疑問さえ覚えてしまう。もし作品の中に矛盾があるなら、その矛盾には必ず理由があるはずである。そのような矛盾の必然性を、もっと丁寧に論じて欲しかったというのが文学研究者としての率直な感想である。

そうした不満はあるにせよ、本書『誰が星の王子さまを殺したのか』が、『星の王子さま』研究とサン＝テグジュペリ研究に刺激的な新しい視点をもたらしたことに疑いの余地はない。本書が明らかにしたとおり、『星の王子さま』とは、けっして単なる美しい「愛＝絆」の物語ではない。それどころか、「愛」や「絆」といった美しい言葉にこそ死に至る毒が含まれるという警告を発する寓話であり、グリム童話のように、本当は怖い『星の王子さま』なのである。そして、だからこそこの作品の偉大さはいっそう際立つことになるのだ。『星の王子さま』は、子ども向きの外観とは裏腹に、人間の持つ闇の深さを含みこんだ作品であり、それゆえハラスメントという視点からの読解にも耐える作品であり、人間心理の深層に到達して、グリム童話のように人類の古典となりうる「童話」だからである。長年にわたって、文学の愛好者や専門家たちが知らず知らずのうちに矮小化してしまっていたこの作品の偉大さを、あらためてわからせてくれたのが安冨流『星の王子さま』論なのである。

〈著者紹介〉

安冨 歩（やすとみ・あゆみ）

1963年大阪府生まれ。京都大学大学院経済学研究科修士課程修了。京都大学人文科学研究所助手、ロンドン大学政治経済学校（LSE）滞在研究員、名古屋大学情報文化学部助教授、東京大学大学院総合文化研究科・情報学環助教授を経て、東京大学東洋文化研究所准教授、2009年より同教授。博士（経済学）。主な著書に、『原発危機と「東大話法」』『幻影からの脱出』『親鸞ルネサンス』〈共著〉『原発ゼロをあきらめない』〈共著〉『ジャパン・イズ・バック』『香港バリケード』〈共著〉（以上、明石書店）、『もう「東大話法」にはだまされない』『学歴エリートは暴走する』（以上、講談社α新書）、『生きる技法』『合理的な神秘主義』（以上、青灯社）、『今を生きる親鸞』（共著、樹心社）、『ドラッカーと論語』（東洋経済新報社）、『生きるための論語』（ちくま新書）、『超訳 論語』（ディスカバー21）、『経済学の船出』（NTT出版）、『生きるための経済学』（NHKブックス）、『複雑さを生きる』（岩波書店）、『「満洲国」の金融』『貨幣の複雑性』（以上、創文社）ほか。

誰が星の王子さまを殺したのか
モラル・ハラスメントの罠

二〇一四年 八 月三〇日 初版第一刷発行
二〇二一年一〇月一〇日 初版第九刷発行

著 者——安冨 歩
発行者——大江道雅
発行所——株式会社 明石書店
一〇一-〇〇二一 東京都千代田区外神田六-九-五
電 話 〇三-五八一八-一一七一
FAX 〇三-五八一八-一一七四
振 替 〇〇一〇〇-七-二四五〇五
https://www.akashi.co.jp/

装 幀——上野かおる
印 刷——モリモト印刷株式会社
製 本——モリモト印刷株式会社

（定価はカバーに表示してあります）
ISBN 978-4-7503-4045-6

ジャパン・イズ・バック
——安倍政権にみる近代日本「立場主義」の矛盾

安冨 歩 著

■四六判／並製／288頁 ◎1600円

立場に与えられた役を必死に果たす「立場主義」は経済成長をもたらした一方で、戦争と原発事故を招いた。立場主義という観点から、安倍政権の本質とそれを生み出した日本社会を分析。豊かで幸福な社会を創造するために一人ひとりが何ができるかを問う。

内容構成

第一章　体制派に「トレモロ」された「政治」——安倍政権誕生までの軌跡
日本に繁栄をもたらした「田中主義」という政治システム／新しいシステムを構築できなかった小泉改革／非体制派の政治家ゆえにつぶされた小沢・鳩山政権／民主党が惨敗した理由／ほか

第二章　アサッテに矢を放つ「経済」政策——ヴィジョンなきアベノミクス
アベノミクスは成功すればするほど失敗する／構造的変化をもたらす外的要因／中国の世界的地位向上で薄らぐ日本の存在感／景気は条件であって目的ではない／ほか

第三章　「立場主義」という「文化」——「立場の国」復興を目論む安倍立場王
日本の急成長を支えてきた「立場主義」／日本経済が行き詰まった理由／財政支出によって支えられる「官」経済の受益者たち／無理矢理立ち上がらされている一本松と日本経済／ほか

原発ゼロをあきらめない
——反原発という生き方

安冨 歩 編　小出裕章、中嶌哲演、長谷川羽衣子 著

■四六判／並製／224頁 ◎1600円

反原発を貫いてきた小出裕章さん、中嶌哲演さん、そして3・11以後に反原発に取り組んでいる長谷川羽衣子さんに安冨歩氏がインタビュー。原発推進に突き進むなかで、私たちはどう考え、どう生きていけばよいのか、その手掛かりを3人から学ぶ。

内容構成

対話1……小出裕章×安冨歩
○騙されたから、自分で落とし前をつけたいのです

対話2……中嶌哲演×安冨歩／平智之／深尾葉子
○平和も幸福も自他ともに成り立つ道を追求していく

対話3……長谷川羽衣子×安冨歩
○市民のエネルギーを政治につなげるために

対話を終えて——「無縁者」ネットワークが原発をとめる

〈価格は本体価格です〉